SISTERS

Bastards 2

J. S. WONDA

SISTERS
Bastards 2

SISTERS ist ein kleines Special für all diejenigen, die nicht genug von den Brüdern und Jade bekommen können.

Neuauflage 2023

Bildmaterial: Shutterstock.com, freepik.com, rawpixel.com
Gute Fee: Iris Gierga
Korrektorat: Claudia Matheis
Zweitkorrektur: Veronika Schlotmann-Thiessen

Bestellung und Vertrieb: Nova MD GmbH, Vachendorf

ISBN: 978-3-98595-661-6

CPI books GmbH, Leck
Printed in the EU

Jane S. Wonda
Am Himmelkamp 10
30890 Barsinghausen
www.facebook.com/janeswonda
Instagram: @janes_wonda
TikTok: @janes.wonda
www.wondaversum.de/shop

Für alle, deren Liebe stärker ist.

ERINNERUNG

Vorsicht Spoiler zu Band 1

Caleb Carmack und Landon Mulvaney sind Zwillinge, die eigentlich auf die Namen Jack und Gil Loyster getauft wurden.

Um ihre Umgebung auszutricksen, haben sie von klein auf immer wieder ihre Rollen getauscht.

Caleb und Landon sind Kunstfiguren, die sie mithilfe von falschen Ausweisen und Urkundenfälschung erfunden haben. Caleb hat unter Silva Baresi für die Mafia gearbeitet und Landon beim FBI mit Susan Carpenter, Jades Mutter, als Vorgesetzte.

Die Brüder glaubten lange Zeit, Silva Baresi und Susan Carpenter seien schuld an dem Tod ihrer Eltern und hätten deren Mord vertuscht. Sie glaubten auch, Baresi und Susan würden zusammenarbeiten, um die Geschäfte der Mafia vor dem FBI/dem Staat New York zu verbergen, sodass beide Seiten profitieren.

Allerdings sind Baresi und Susan in Wahrheit die Eltern der Zwillinge und haben sie als Säuglinge weggegeben, um ihr Verhältnis zu vertuschen. Damit wegen der Schwangerschaft keine Fragen aufkommen, adoptierte Susan die halbasiatische Jade.

Susan und Baresi haben jahrelang im Geheimen dafür gearbeitet, die Stadt New York besser zu machen. Susan ist nie über den Verlust ihrer Söhne, die sie in ein Waisenhaus gab, hinweggekommen und hat daher Jade lieblos aufgezogen.

BASTARDS endete damit, dass Jade, Caleb und Landon Richtung Kalifornien aufgebrochen sind, um dort nach Jades leiblicher Mutter zu suchen. Allerdings sind ihnen möglicherweise die Branco-Brüder auf der Spur, deren dritter Bruder Giu von Caleb in New York erschossen wurde.

JADE

Landon ließ die Reisetasche fallen und blickte sich im Motelzimmer um. »Zwei Betten?«, fragte er.

Caleb ging an ihm vorbei und ließ sich auf eine der beiden King-Size-Matratzen fallen. »Ich dachte, so hast du mal deine Ruhe, während ich mich mit Jade richtig ausbreiten kann.« Er streckte die Hände nach oben und dehnte sich. »Ich brauche den Platz nach der langen Fahrt.«

»Na, dann gehört das Bett natürlich ganz dir und Jade kommt zu mir.«

Caleb schloss entspannt die Augen. »Vergiss es.«

»Halloho«, erinnerte ich die beiden Brüder daran, dass sie mich wieder mal übergingen. »*Ich* habe dieses Zimmer ausgesucht. Denn *ich* will *mein* King-Size-Bett für mich. Ihr könnt euch eines teilen, so wie es sich für eine Königin und ihre Diener gehört.«

Die Männer fuhren mit ihren Köpfen in meine Richtung. »Was hat sie gerade gesagt?«

Ich ließ mich seufzend auf Bett zwei fallen und breitete Arme und Beine aus. »Ihr habt mich schon verstanden.« *Gott, es tut so gut, sich nach zwanzig Stunden im Auto strecken zu können.*

Im Augenwinkel bemerkte ich, wie Caleb sich aufsetzte und Landon einer Salzsäule gleich im Zimmer erstarrte.

»Ich bin es nun mal gewohnt, alleine zu schlafen«, erklärte ich ihnen liebevoll. »Niemand, der mich mit seinem Atem nervt oder mir ständig den Platz wegnimmt, da liegt, wo ich gerne mein Bein hin ausstrecken möchte, oder mich daran hindert, mich im Bett hin- und herzudrehen, wie und wann ich es möchte.«

»Keiner, der deinen Nacken küsst«, begann Landon brummend.

»Oder deine samtweiche Haut streichelt«, ergänzte Caleb.

»Oder dich mit seiner Zunge in deiner Pussy aufweckt.«

»Eben!«, sagte ich fröhlich und wusste, wie wütend ich sie damit machte. »Ganz viel Ruhe nur für mich.«

Caleb trat an Landons Seite. Beide hielten die Arme vor der Brust verschränkt und glichen sich damit wie die zwei Enden einer Wurst. Zwei unglaublich attraktive Enden. »Ich glaube, sie will uns ärgern«, sagte Caleb.

»Ja«, sagte Landon knapp. »Sie will unser Interesse wecken und unsere Wut, ganz eindeutig.«

»Sie will spielen.«

»Und glaubt, zu gewinnen.«

»Egal, was wir tun, sie muss immer die Oberhand haben.«

»Als wäre sie für uns mehr als unser kleines Spielzeug.«

»Richtig, Bruder. Ich glaube sogar, sie denkt, *wir* wären *ihr* Spielzeug.«

»Abgefahren. Unsere Süße hat sie nicht mehr alle.«

»Scheint so. Auch wenn ich tierisch Bock hätte, sie gerade jetzt durchzuficken ...«

»Während sie mir königlich einen bläst ...«

»Und sie kaum zu Atem kommt, weil wir beide so tief in ihr drin stecken ...«

»Sollten wir sie lieber in *ihrem* Bett in Ruhe lassen.«

»Sie braucht ihren Schlaf.«

»Hat sie ja gerade so schön zusammengefasst«, sagte Landon zufrieden.

»Was meinst du? Zwölf Stunden? Das dürfte reichen, oder?«

»Machen wir dreizehn.«

»Dreizehn Stunden Schönheitsschlaf.« Caleb lächelte. »Bock auf ein Bier?«

»Und Football? Heute spielen die Yankees.«

»Das hätten wir beinahe verpasst, wenn wir uns um unsere Prinzessin gekümmert hätten.«

»Wir sind einfach zu sehr auf sie fixiert gewesen.«

»Nerven wir sie nicht weiter.«

Die beiden nickten sich zu und wandten sich ab.

»Ihr spinnt doch!«, rief ich ihnen belustigt hinterher, aber sie reagierten nicht. »Ihr werdet jetzt nicht wirklich gehen, oder?«

Sie warfen sich einen amüsierten Blick zu und öffneten die Tür.

Ich richtete mich auf, als sie nach draußen verschwanden.

»Hey!«, rief ich ihnen hinterher und warf ein Kissen nach Caleb, der als Letzter über die Türschwelle trat.

»Ob wir sie einschließen?«, fragte Caleb gespielt nachdenklich.

»Gute Idee, dann wird sie niemand stören«, hörte ich Landon antworten.

»Das ist nicht euer Ernst!« Aber bevor ich aufspringen und sie davon abhalten konnte, die Tür von außen zu schließen, war das Schloss bereits eingerastet. Ich rüttelte am Türknauf. »Ihr seid solche Wichser!«, brüllte ich und glaubte, sie lachen zu hören.

Die können was erleben, wenn sie es wagen, zurückzukommen.

Dreizehn Stunden ohne mich würden *sie* es sowieso nicht aushalten.

Eine Stunde allerdings schon. Nachdem ich das gesamte Fernsehprogramm durchforstet hatte, warf ich die dämliche Fernbedienung wütend aufs andere Bett. Warum hatte ich mich ausgerechnet in zwei Sadisten verlieben müssen? Sie genossen es, dass mich die Langeweile quälte. Mein Smartphone hatten sie mir schon vor einer Ewigkeit abgenommen, nachdem sie mich dabei erwischt hatten, wie ich meinen Aufenthaltsort bei Instagram geteilt hatte. Ja, ja, wir sollten vorsichtig sein und so weiter und so fort, aber ich vermisste es nun mal, der Star in meiner *Clique* zu sein und meine dreißigtausend Follower zu unterhalten. Wozu hatte ich mir das alles aufgebaut, wenn ich es jetzt nicht mehr nutzte?

Aber das war ihnen natürlich egal. Wie alles meine Bedürfnisse Betreffende. Wenn sie wollten, konnten sie mir jeden verschissenen Wunsch von den Lippen ablesen, aber häufig genug wollten sie das eben nicht. Fast kam es mir so vor, als versuchten sie, mich zu erziehen.

Und sie genossen es.

Bastarde.

Wären sie nicht so verdammt anziehend, hätte ich sie längst verlassen. Aber wann kam man schon in den Genuss von zwei Männern, die wussten, was sie taten? Allein bei der Vorstellung, was sie mit mir tun würden, wenn sie endlich zurückkamen, spielte etwas zwischen meinen Beinen verrückt ... Die Lust in Form eines sehnsuchtsvollen Ziehens verschwand nicht, und ich wusste, dass meine Hand keine Abhilfe schaffen konnte.

Ich lächelte bei dem Gedanken daran, wie schön es mit Caleb und Landon war und was für ein verdammtes Glück ich hatte. Auch wenn es mich unendlich ärgerte, dass sie mich eingeschlossen hatten, sehnte ich mich nach ihnen und entschied, es ihnen zu zeigen, wenn sie zurückkamen. Sie wollten mit mir spielen und dachten dabei nur an ihre Egos und Schwänze?

Ich werde sie an ihren Herzen packen und sie werden niemals wieder freiwillig gehen wollen ...

Ich kam gerade von der Toilette, als ich endlich Geräusche an der Tür hörte. Grinsend setzte ich mich auf *mein* Bett und wartete darauf, dass sie vor mir auftauchten. Mir lagen ein paar Sprüche auf den Lippen und ich war gespannt, wie sie darauf reagieren würden, aber ich schob diese beiseite, als sie länger brauchten als erwartet.

Die Geräusche klangen nicht nach einem gewöhnlichen Schlüssel. Es war mehr ein Schaben und Kratzen. Ein ungeduldiges Schaben und Kratzen.

Shit.

»Landon?«, fragte ich. »Cal?«

Sie antworteten nicht, obwohl sie an meiner Stimme hören mussten, wie nervös ich wurde, und in Anbetracht der Tatsache, dass uns jederzeit die Branco-Brüder, die zusammen mit Caleb für die Mafia gearbeitet hatten, auflauern konnten, würden sie es nicht wagen, mir Angst einzujagen.

»Landon?«, rief ich noch einmal und rutschte vom Bett, als keine Antwort kam. Ich blickte mich um, suchte nach einer geeigneten Waffe oder Pistole, aber die trugen die Brüder natürlich bei sich. *Wieso haben sie mich allein gelassen?!*

Die einzige Waffe, die sich mir bot, war die Nachttischlampe. Ich zog den Stecker, nahm sie in die Hand und bückte mich hinters Bett, als die Person hereinplatzte.

Es war nicht Landon.

Es war nicht Caleb.

Und damit war ich vollkommen am Arsch.

»Hallo?«, rief der Fremde. Seine Stimme zitterte ängstlich. »Ist hier wer? Hallo? Jade Carpenter?«

Ich richtete mich hinter dem Bett auf. Der Mann klang nicht danach, als würde er mich im nächsten Moment kaltblütig niederschießen wollen.

Als er mich wahrnahm, riss er die Augen auf. Er sah über seine Schulter, dann zog er die Tür schnell hinter sich zu. »Wo sind Caleb und Landon?«, fragte er mich panisch.

»Wieso?«

»Warum sind sie nicht hier?« Er kam gebeugt auf mich zu, als fürchtete er einen Schmerz, wenn er sich aufrichten würde. »Wo sind sie?«

»Sie kommen jeden Moment wieder. Du bist hier eingebrochen, das ist dir klar, oder?«

»Sie kommen gleich wieder?«, fragte er panisch. »Sie dürfen dich nicht alleine lassen! Niemals! Sie dürfen nicht!«

»Was?!«

»Ihr müsst zurück nach New York!« Die Augen des Mannes traten hervor. Er wirkte wahnsinnig, wie ein Tier, das man zu häufig geschlagen hatte. Über sein Gesicht zogen sich Narben, seine Lippen waren dicker als gewöhnlich, sein Haar bestand aus ein paar Strähnen, die sich über die blanke Kopfhaut spannten, und seine Fingernägel waren dreckig und zu lang. Alles in allem wirkte er also definitiv angsteinflößend, aber aus irgendeinem merkwürdigen Grund schien *er* noch mehr Angst vor *mir* zu haben. »Ihr müsst zurück nach New York!«, wiederholte er. Seine Iriden irrten umher, flossen wie Wasser über mein Gesicht, fanden keinen Ruhepunkt. »Ihr dürft hier nicht bleiben! Und sie dürfen dich nicht alleine lassen! Niemals! Bleibt immer zusammen! Immer!«

»Was zur Hölle soll das alles?«, fragte ich beunruhigt und stand langsam auf.

Er wich zurück. »Komm nicht näher! Komm nicht näher!«

»Okay, okay!«

»Ich kann das nicht mehr. Ich werde es nicht tun. Du musst zurück nach New York. Nach New York.«

»Wer bist du? Vor wem hast du Angst?«

»Ich habe immer alles getan«, er begann mit dem Bettpfosten zu sprechen, »ich habe immer alles getan für dich, aber das geht zu weit. Ich werde sie nicht töten. Ich werde nicht töten. Ich kann nicht töten. Sie müssen zurück nach New York. Ich muss es ihnen sagen. Ich werde es ihnen sagen! Ich gehöre dir nicht mehr! Ich gehöre dir niemals mehr!«

»Warum sollen wir zurück nach New York?«, hakte ich hilflos nach. »Ist etwas mit meiner Mutter, das wir nicht erfahren dürfen?«

»Deine Mutter?«, fragte er verwirrt. Plötzlich blieb sein Blick an der Deckenleuchte hängen. »Ah, deine Mutter. Ihre Mutter. Nicht! Nicht, vergiss es! Ihr müsst nach New York und ihr müsst zusammenbleiben!«

»Was ist denn in New York?! Was ist passiert?« Machte es Sinn, ihn zu fragen? Er schien nicht in der Lage zu sein, mir eine konkrete Antwort geben zu können.

»In New York? Nichts! Aber ihr müsst dahin! Denn ich werde nicht töten.« Tränen quollen aus seinen Augen und er wich wieder zur Tür zurück.

Sollte ich ihn gehen lassen?

»Doch«, murmelte er, entschlossener als zuvor, »ich werde töten, aber nicht, wie du glaubst. Nicht sie.«

»Bleib hier, meinst du nicht, dass ich dir helfen kann?« Ich machte einen vorsichtigen Schritt auf ihn zu und er hob wie aus dem Nichts eine Waffe.

»Komm nicht näher!«, schrie er und stieß gleichzeitig an die Tür in seinem Rücken. »Komm nicht näher, sonst muss ich schießen! Wir werden beobachtet. Die ganze Zeit. *Du* wirst beobachtet! Sie wird es ausnutzen, dass du getrennt von ihnen bist! Such sie! Such Caleb und Landon! Aber sag ihnen nichts! Sag nicht, dass ich hier war, sie dürfen mich nicht verraten ... Und vergiss deine Mutter! Fahr nach New York zurück! *Rette dein Leben!*«

»Mein Leben? Aber wieso ...«

Der Fremde öffnete die Tür, huschte hindurch und verschwand.

Ich lauschte in die Stille hinein, ob er zurückkommen würde, aber alles blieb ruhig.

Erst jetzt spürte ich mein Herz wild schlagen.

Was war gerade passiert? Sollte ich dem Fremden folgen? Das könnte eine Falle sein. Hektisch suchte ich in den Sachen der Jungs nach einem Telefon oder einer Waffe. Aber ich fand nichts. Ich schaltete das Licht aus und linste am Vorhang vorbei durchs Fenster. Gegenüber der Straße gab es ein Bistro und von hier aus konnte ich einen Fernseher erkennen, auf dem das Spiel lief, von dem Caleb und Landon gesprochen hatten.

Aber bis ich bei ihnen war, würde ich eine leichte Zielscheibe abgeben. Der Weg dorthin war zu allen Seiten einsehbar.

Ob ich die Polizei rufen sollte?

Nein, das würde zu viele Fragen aufwerfen.

Stattdessen rief ich die Rezeption an.

»Zimmer 201. Der Pub gegenüber, haben Sie dessen Telefonnummer?«

»Nein, sorry.«

»Wie könnte ich denn sonst jemanden dort erreichen? Mein Akku ist leer und mein Mann ist ...«

»Lauf doch einfach rüber. Zach is'n korrekter Typ, aber ich hab keine Telefonnummer von ihm.«

»Kann man die googeln?«

»Keine Ahnung.«

»Ich habe kein Internet und kein Handy.«

»Zimmer 201? Von dort haben Sie es doch weiter zur Rezeption hier runter als zur anderen Straßenseite. Ansonsten steht hier ein Computer ...«

Ich legte auf. Tolle Hilfe. Wieso schliefen wir in einem billigen Motel?

Im Schutz der Dunkelheit verließ ich das Zimmer und drückte mich im Schatten an die Hauswand. Einmal unten angekommen, würde ich rennen. Ein Scharfschütze hätte Schwierigkeiten, mich zu erwischen, und jemand, der in der Nähe lauerte, wäre vielleicht zu überrascht ...

Ich hechtete die Treppe hinunter, verbarg mich so gut es ging im Dunkeln und versuchte, die Lage zu überblicken. Das Motel war langgezogen und lag direkt an der Straße. Neben dem Pub gegenüber befanden sich ein geschlossener Supermarkt und ein flaches Bürogebäude. Die Szenerie wirkte friedlich und die Begegnung mit dem Verrückten gerade eben passte nicht hierher.

Was genau hatte mir der Typ eigentlich sagen wollen? Wir sollten zurück nach New York gehen. Warum? Und ich sollte bei Caleb und Landon bleiben ... Er wusste also, wer sie waren. Das allein war schon sehr beunruhigend, denn bis auf meine Mutter und ihren Lover Silva Baresi sollte niemand wissen, dass wir zusammen und die Männer Brüder waren.

Dieser Verrückte wusste also Bescheid.

Woher?

Wenn ich hier herumstand, würde ich die Fragen nicht klären können. Wagemutig lief ich los. Mein Puls raste, aber bis auf meine trabenden Schritte war nichts zu hören. Nicht einmal ein Auto fuhr vorbei. Als ich das Bistro erreichte, ging ich nicht blind hinein. Ich drückte mich an der Hauswand vorbei und versuchte, in eines der Fenster zu schielen.

Caleb und Landon saßen entspannt an einem Tisch. Sie tranken Bier und unterhielten sich. Für ein paar Sekunden wurde meine Angst von einem warmen Gefühl in der Brust überlagert. Als ich die Zwillinge so dasitzen sah, vertraut und ausgelassen, scherzend und lächelnd, wurde mir klar, wie verliebt ich in sie war.

Wie schön es war, ihnen dabei zusehen zu dürfen, wie sie etwas vollkommen Belangloses taten, wie ein Bier zu trinken und ein Spiel anzusehen. Caleb verzichtete im Gegensatz zu Landon seit ein paar Tagen auf eine Rasur und strich sich gerade über den Dreitagebart, während Landon gestikulierend redete.

Caleb musste lachen. Ich hatte ihn selten so befreit erlebt. Immer wieder sah er auf Landons Uhr. Plötzlich löste Landon sie und schob sie Caleb zu. Er neckte ihn, denn im nächsten Moment verengte Caleb die Augen.

Gott, sie sind so wundervoll zusammen!

Und gleichzeitig wurde mir bewusst, dass es unmöglich wäre, zu ihnen hineinzugehen und mich dazuzusetzen. Wenn ich es wagen würde, in der Öffentlichkeit beide zu küssen, wären uns sämtliche Blicke garantiert. Ich wollte aber nicht auf dem Präsentierteller leben. Nicht mit ihnen.

Während ich mir schwor, von den Brüdern mein Handy zurückzuverlangen, damit ich sie jederzeit kontaktieren konnte, lehnte ich mich zurück an die Hauswand und atmete tief durch. Was, wenn alles eine Falle war, und jemand *im* Pub darauf wartete, uns anzugreifen?

Mich fröstelte es, als ich mich nach dem Fremden umsah. *Wo ist er überhaupt hingelaufen?* Ich hatte kein einziges Auto wegfahren gehört.

Ein weiteres Mal versuchte ich, die Gegend zu überblicken, und horchte in die Stille hinein.

Alles war ruhig, bis ein lautes, kurzes Donnern die friedliche Atmosphäre durchbrach.

Ich zuckte zusammen, mein Herz raste.

Ein Schuss?

Keine Schreie.

Keine weiteren Geräusche.

Oder doch nur ein Auspuff?

So schnell wie möglich drehte ich mich wieder um und gefror noch in der Bewegung.

Die Zwillinge waren verschwunden.

Das Bier nur zur Hälfte geleert.

Die Stühle nicht zurückgeschoben.

Möglicherweise waren sie ja einfach nur gegangen, aber es kam mir viel naheliegender vor, dass ihnen etwas Schlimmes zugestoßen war. Als ich im nächsten Moment eine Hand auf meinem Mund spürte, stieß ich panisch einen erstickten Schrei aus.

»Schschsch«, hörte ich an meinem Ohr und wurde an einen Körper gezogen. »Wir wollen doch niemanden wecken, oder?«

Fuck. Einer der Brüder. An der Stimme konnte ich nicht sofort erkennen, welcher es war.

»Wolltest du uns nur so zum Spaß beobachten oder hatte das System?«, fragte er spielerisch drohend.

»Mhh!«, stöhnte ich in seine Hand und versuchte, mich aus seinem Arm zu drehen.

»Ruhig«, zischte er, sein Griff wurde fester.

Oh Mann. Ich atmete tief durch und übte mich in Geduld.

Der Zwilling schob mich herum, sodass ich Caleb gegenüberstand.

»Was meinst du, Bruder, hatten wir uns das so vorgestellt?«, fragte Landon an meinem Ohr.

Caleb schüttelte dunkel lächelnd den Kopf. »Ich denke

nicht, nein.«

»Nicht mal unser Bier können wir in Ruhe trinken.«

»Sie gönnt uns gar nichts.«

»Ob wir ihr etwas gönnen sollten?«

Calebs Blick floss in meinen. »Nein. So verkrampft, wie sie ist, hat sie tatsächlich Angst vor uns. Das gefällt mir.«

Ich verdrehte stöhnend die Augen und versuchte, in Landons Hand zu beißen, damit er mich endlich losließ. *Haben sie den Schuss denn gar nicht gehört?* Aber Landon wusste mittlerweile, dass ich nicht leicht zu bändigen war, und hatte sich darin geübt, mich festzuhalten.

»Sie sträubt sich ganz schön«, stellte er zufrieden fest.

Können sie endlich mit ihrem Spiel aufhören?!

»Wir gehen jetzt nach oben«, raunte er an mein Ohr, »und sind dabei ganz ruhig. Wir wollen ja keine größere Aufmerksamkeit auf uns ziehen, oder?«

Er griff unter meinen Arm und drehte mich herum, während er endlich die Hand von meinen Lippen nahm.

Aber ich schwieg. Hier auf offener Straße sollte ich sie nicht aufklären, denn der Verrückte konnte hinter jeder Ecke lauern und er hatte mich davor gewarnt, ihnen etwas zu verraten. Wenn er es mitbekommen würde, könnte sonst etwas geschehen. Im Motelzimmer waren wir vorerst ungestört und geschützt und konnten darüber nachdenken, wie wir vorgehen sollten.

Zwischen den Männern fühlte ich mich sicher. Sie waren darin geübt, jederzeit mit einem Angriff zu rechnen, weswegen ich mit ihnen über die Straße gehen konnte und mein Puls sich wieder beruhigte.

Im Zimmer angekommen drehte ich mich zu ihnen um, öffnete den Mund für eine Erklärung und hielt jäh inne. Im Lüftungsschacht über der Tür blitzte etwas Metallenes auf. Eine Linse?

Mir wurde heiß und kalt gleichermaßen, doch bevor ich etwas sagen konnte, wurde mein Mund verschlossen.

Von Calebs Lippen.

Er küsste mich derart ausgehungert, als hätten wir uns Tage nicht gesehen.

»Jemand hat ihr geholfen, zu entkommen«, stellte Landon fest, als er die Tür untersuchte. »Warum lässt es sich in ein Motelzimmer eigentlich immer so klischeehaft leicht einbrechen?«

Ich wollte etwas erwidern, aber Caleb ignorierte mich. Er küsste mich weiter, drängend und dominant. Schob mich rückwärts, bis ich mit den Kniekehlen ans Bett stieß.

Ohne unsere Lippen zu lösen, drückte er mich nach hinten, sodass ich mit dem Oberkörper auf dem Bett und er über mir lag, dann glitt er mit seinem Mund an meinen Nacken, küsste mich dort.

»Caleb«, keuchte ich und versuchte, ihn wegzudrücken. »Jetzt ist nicht der ...«

Seine Hand schnellte nach oben und er legte sie mir auf die Lippen. Seine Augen funkelten. »Doch. Das ist der perfekte Zeitpunkt.«

Ich stöhnte genervt und gab jeden Widerstand auf.

»Hast du das gehört?«, fragte Landon skeptisch und schloss die Tür, ohne sie genauer zu untersuchen. »Das klang genervt.«

»Sie *ist* genervt«, stellte Caleb fest und blickte auf seine Hand, die auf meinen Lippen ruhte. »Vielleicht haben wir uns getäuscht und sie will ihr Bett wirklich für sich. Schon das Interesse an diesem Roadtrip verloren, Kätzchen?«

Er nahm seine Hand zurück und ich richtete mich langsam auf, während er sich zurückzog und sich neben seinen Bruder stellte. Sie erwarteten eine Erklärung von mir, aber mein Kopf war wie leergefegt, weil mir bewusst wurde, dass die Kamera mich einfing.

Wir werden beobachtet. Die ganze Zeit.

Was sollte ich jetzt tun? Verdammt!

War es nicht besser, sich nichts anmerken zu lassen und unseren Zuschauer damit in die Irre zu leiten? Oder war es bereits zu spät dafür?

»Sie schweigt ziemlich lange«, stellte Landon fest.

Caleb antwortete nicht.

Hilfe! Ich habe keine Ahnung, wie ich mich entscheiden soll. Vielleicht war es gar nicht mal so ungeschickt, wenn ich denjenigen, der uns filmte, in dem Glauben ließ, ich wäre naiv genug, die Warnung des Fremden nicht ernst zu nehmen.

Hm. Ja, das ist gar kein schlechter Plan.

»Es tut mir leid, was ich gesagt habe«, wisperte ich devot und faltete die Hände im Schoß. Zeit, zu schauspielern. »Ich wollte euch nur ein bisschen ärgern.«

»Wer hat dir geholfen, hier auszubrechen?«, fragte Landon kritisch.

Ob er meine Lügen schlucken wird? »Ein Kerl, der draußen vorbeilief.«

»Wie hast du ihm erklärt, dass du hier eingeschlossen bist?«

Ich spitzte die Lippen, den Blick zu Boden gerichtet, mir wohl bewusst, dass ich mitten im Fokus der Kamera saß. *Wie viele wohl noch im Zimmer verteilt sind?* »Auf meine Art.«

Caleb stöhnte. »Du hast ihm durch das Fenster hübsche Augen gemacht und er hat dir sofort geholfen?«

»So ähnlich.«

Diese Lüge schürte seine Wut. »Was heißt hier ›so ähnlich‹?«

Landon grinste anerkennend. »Und wie bist du ihn dann wieder losgeworden?«

»Das bleibt mein Geheimnis«, flüsterte ich. Ich wusste

nicht, wie lange ich dieses Spiel durchhalten würde. Ergab es überhaupt Sinn? Wie sollte ich die Brüder dazu bringen, das Licht auszuschalten und den Fernseher anzustellen, damit wir ungestört reden konnten?

Calebs Miene war in Stein gemeißelt, als ich mich langsam aufrichtete und auf ihn zuging.

»Tut mir leid«, sagte ich leise und legte vorsichtig eine Hand auf seine Brust. Er ließ es geschehen, was ein Beben durch meinen Körper schickte. *Die Sehnsucht nach ihnen geht mir durch alles und plötzlich ist es gar nicht mehr so schwer, zu schauspielern.* »Ich konnte keine Minute länger warten. Wollt ihr das Licht ausschalten?«

»Das Licht ausschalten?«, fragte Landon perplex. »Wieso zur Hölle sollten wir das tun?«

Fuck. »Na ja, wir wollen ja keine ungebetenen Zuschauer ...«

»Wieso hast du nicht die Rezeption angerufen?«, unterbrach mich Caleb kühl. »Die hätten die Tür aufgeschlossen.«

»Wo bliebe da der Spaß?«, fragte ich rauchig. Wie könnte ich ihn dazu bringen, das Licht auszuschalten? Ich hatte keine Ahnung ... Musste ich jetzt echt darauf warten, bis wir alle müde genug waren, um schlafen zu gehen?

Na toll, so gierig, wie die zwei auf mich sind, kann das lange dauern ...

Calebs Haltung blieb starr. Er vermutete wahrscheinlich schon, dass ich etwas vorspielte. Fuck!

Ob ich noch weitergehe? Sie verführe, damit es so aussieht, als hätten wir wirklich Sex?

Ich streichelte zärtlich seine Brust und wanderte mit den Händen tiefer, während ich gleichzeitig in die Hocke ging.

Er behielt seine Hände bei sich, als ich an seinen Gürtel griff.

»Was für ein Glück du hast, Bro«, sagte Landon und setzte sich auf einen der vier Stühle beim Tisch vor dem Fenster. »Wenn ich nur annähernd so wütend auf sie sein könnte wie du, bekäme ich sicherlich auch häufiger einen geblasen.«

»Halt die Klappe«, knurrte Caleb. »Sie macht das nur, weil sie hofft, so keine weiteren Fragen beantworten zu müssen.«

»Sie ist ein furchtbar schlaues Mädchen.«

Ich musste kurz lächeln, auch wenn ich gerade das Gefühl hatte, alles falsch zu machen. Viel lieber hätte ich Caleb aus freien Stücken einen geblasen – jetzt tat ich es für die bescheuerte Kamera. Ich öffnete mit flinken Fingern Calebs Gürtel. Seine Erektion war prall und glitt befriedigend in meine Hand. Für einen Moment vergaß ich alles, stöhnte unwillkürlich, noch bevor ich seine Spitze mit den Lippen berührte, und sah zu ihm hoch.

Er lächelte kühl. »Ich werde in deinem Mund kommen, also fang gar nicht erst an, wenn du das nicht willst.«

»Warum sollte ich das nicht wollen?«, fragte ich lasziv und führte seine Spitze zwischen meinen Lippen ein. Feuchtigkeit strömte zwischen meine Beine und die Lust übermannte mich.

Landon pfiff. »Sie ist so gut, dass es mich sogar anmacht, wenn sie *dir* einen bläst.«

Caleb umgriff hart mein Kinn und schränkte so meinen Bewegungsspielraum ein. »Alles nur Kalkül.«

»Und wenn schon.«

»Los, ich will, dass du mir zeigst, wie leid es dir wirklich tut.«

Oh, Fuck, das macht mich viel zu sehr an. Wie soll ich einen klaren Kopf behalten, wenn die zwei so attraktiv sind? Ich nahm seinen Schwanz so tief wie möglich in mir auf. Allein das erregte mich so sehr, dass ich mit meiner Hand zwischen meine Beine gehen *musste*, um wenigstens ...

»Lass die Hände oben«, verlangte Caleb rau und schob sich mit festen Stößen zwischen meine Lippen. »Leg sie um meinen Schwanz.«

Ich jammerte und gehorchte. Wie lange würde es dauern, bis ich sie wieder ganz für mich hatte? Ohne einen Verrückten und seine Warnungen, die mir im Nacken saßen? Ohne Kamera, die uns, aus welchen Gründen auch immer, filmte? Ohne panische Angst genau das Falsche zu tun? Ich wollte am liebsten alles ausblenden. Ich wollte mich hingeben, glauben, alles wäre wirklich nur ein Spiel gewesen, wollte meine Angst vergessen.

»Zeig mir mehr«, raunte Caleb und erhöhte den Druck um mein Kinn.

Ich bewegte mich noch leidenschaftlicher, leckte und liebkoste ihn, streichelte mit meinen Fingern über seine Wurzel und seine Perlen. »So?«, fragte ich unterwürfig, nachdem ich für einen Moment zurückgewichen war.

»Genau so«, brummte er und ich nahm ihn wieder in mich auf.

Obwohl mein Leben aus Sex und Affären bestanden hatte, war ich mir für Blowjobs immer zu schade gewesen. Natürlich wusste ich, wie es ging und wie es sich für einen Mann anfühlte, aber ich hatte keinen Sinn darin gesehen, meinen One-Night-Stand meinen Mund benutzen zu lassen, während ich selbst leer ausging. Ja, ich hatte es sogar als zu primitiv empfunden, mich als Frau derart degradieren zu lassen.

Aber mit Caleb war es anders. Mit den Brüdern war es anders. Ich *genoss* es, mich ihnen hingeben zu können und ihnen meinen Mund, meine Lippen, meinen Körper zu schenken. Ich sehnte mich so sehr danach, dass sie mich –

und nur mich – für die Befriedigung ihrer Lust benutzten, dass mir meine eigene Lust egal war.

Wenn sie kamen, kam ich mit ihnen. Wenn ich gar keinen Höhepunkt hätte, würde ich es gar nicht merken. Ich wollte mich hingeben, mich auflösen, ich wollte geben und noch mehr geben.

Ich wollte lieben.

Ich liebte sie.

Und wir waren in Gefahr.

»Was machst du?«, fragte Caleb stöhnend. Ich hatte mich so in mein Spiel mit ihm vertieft, dass mir gar nicht aufgefallen war, wie laut er mittlerweile stöhnte. Ich hatte es definitiv drauf, die Gefahr auszublenden, so zu tun, als säße sie nicht wie ein Raubtier mitten im Zimmer. Nur darauf wartend, dass wir einen Fehler machen. »Weißt du, dass das, was du tust, über einen einfachen Blowjob meilenweit hinausgeht?«

Ich sah zu ihm auf und meine Augen fanden in seine, die grün funkelten. Dann entschied ich völlig irrational, dass ich ihn wenigstens kommen lassen könnte. Wenigstens er hätte so ein paar Minuten der Entspannung, bis ich mich wieder dem Problem mit dem Licht, dem Fernseher und der Kamera widmen könnte. Ich erhöhte mein Tempo, umspielte ein letztes Mal seine Eichel und ließ seinen Schaft dann zügig zwischen meine Lippen gleiten. So schnell, dass er kommen *musste.*

Seine Hand fand in mein Haar, er hielt sich an mir fest, stöhnte meinen Namen und ergoss sich zwischen meinen Lippen. Ein zufriedenes Prickeln entstand in meinem Magen, während er in mir kam und sich in meinem Mund verteilte.

Ich liebkoste ihn noch eine ganze Weile länger, bis ich mich langsam zurückzog.

Sein Gesicht lag im Schatten, aber ich glaubte, die Wärme darin zu erkennen, die er allzu häufig vor mir verbarg – als befürchte er, ich würde ihm dadurch zu nahe kommen. Als hätte er Angst um meine Gefühle, wenn ich es tat.

»Jade?« Landon rief mich und ich drehte mich in seine Richtung. Er saß noch immer auf dem Stuhl, die Beine entspannt ausgestreckt, einen Arm, mit dessen Hand er den Kopf stützte, auf der Lehne. Sein Hemd saß locker, sein Blick ging von unten nach oben hinauf.

»Fehle ich dir schon?«, fragte ich grinsend und richtete mich auf. Während ich auf ihn zuging, überlegte ich mir, wie es mir gelingen könnte, sie beide ins Bett zu locken – bei Dunkelheit. »Oder bist du eifersüchtig?«, ergänzte ich neckend.

Landon richtete sich auf, legte beide Arme auf die Lehne und stellte die Beine auf – so konnte ich zwischen sie sinken oder mich auf seinen Schoß setzen. »Nein, ich bin es gewohnt, mit meinem Bruder zu teilen«, entgegnete er und öffnete seinen Gürtel.

Fuck. Das war ja klar. Ich würde noch den ganzen Abend damit zubringen, ihnen einen zu blasen, wenn mir nicht zügig eine Idee kam. »Wir sollten ins Bett gehen ...«, sagte ich schwach. »Dort können wir weitermachen, aber ich bin müde.«

Landon hob eine Braue, zog an meinem Arm und mich damit auf seinen Schoß. »Du bist müde?«, fragte er skeptisch und scannte mein Gesicht. »Was zur Hölle verschweigst du uns?«

»Verschweigen?«, fragte ich überrascht. Landon war normalerweise nicht derjenige der beiden, der so sensibel war, instinktiv zu spüren, wenn ich log.

»Warum liegt die Nachttischlampe am Boden? Ausgestöpselt?«, fragte er. »Du klingst so, als hieltest du mich für zu dämlich, als dass ich eine deiner Lügen enttarnen könnte«, ergänzte er spöttisch.

Erwischt. Ich wich unmerklich vor ihm zurück. »Nein, wieso sollte ich …? Schau mal, lass uns vielleicht einfach schlafen gehen …«

»Ist dir eigentlich *klar*, dass Caleb immer nur dann an die Wahrheit gelangt ist, wenn er sein Opfer gefoltert hat? Und *ich* hier derjenige bin, der beim FBI arbeitet und es gewohnt ist, Verbrecher zu *verhören*?«

»Das ist mir klar«, sagte ich nervös. »Obwohl … nein, ich hatte das verdrängt. Bitte halt mir jetzt keine Vorträge, ich will nur …«

Landon lächelte. »Du bist müde. Ich weiß. Caleb«, sagte er und nickte seinem Bruder zu.

Ich wusste, dass sie sich über Blicke abgesprochen hatten, und erschrak dennoch, als Caleb von hinten ein Stück Stoff um mich schlang und ihn fest über meinen Mund legte. Einen Pullover? Ich stöhnte, doch meine Lippen blieben versiegelt und Caleb zurrte das Stück Stoff fest. Widerspenstig versuchte ich mich zu befreien, doch im nächsten Moment standen beide vor mir und bugsierten mich aufs Bett. Sie drückten mich mit dem Bauch nach unten und zogen mich mit sanften, aber bestimmten Bewegungen aus. Mir wurde übel bei dem Gedanken, dass die Kamera alles filmte. Aber jetzt hatte ich erst recht keine Chance mehr, ihnen von dem Verrückten zu erzählen.

Caleb behielt meine Handgelenke im Griff und setzte sich neben mich aufs Bett, während Landon hinter mir stehen blieb.

»Sie fragt sich wahrscheinlich, warum ich sie erst dazu auffordere, die Wahrheit zu sagen, und dann von dir knebeln lasse«, murmelte Landon gedankenverloren und streichelte über meinen Hintern.

»Ich schätze, du willst die Wahrheit aus ihr herausvögeln?«, fragte Caleb grinsend.

Ich warf ihm einen wütenden Blick zu. Und tat dann das Einzige, wozu ich noch fähig war: So kraftvoll ich konnte, befreite ich mich aus Calebs Griff und schob den Pullover von meinen Lippen. Ihre Augen weiteten sich überrascht. Sie hatten nicht erwartet, dass ich mich befreien würde. »Wartet«, keuchte ich schnell, damit sie verstanden. »Ich würde zwar auch total gerne mit euch schlafen, aber wir werden beobachtet!«

Caleb hob eine Braue und ich fürchtete mich davor, wie er reagieren würde. In seinen Augen hatte ich bestimmt alles falsch gemacht.

Hilflos blickte ich zu Landon.

»Hatte ich recht?«, fragte dieser verwundert.

Ich nickte. »Da oben. Im Lüftungsschacht. Ist eine Kamera.«

»Eine ... Kamera?«, fragte Caleb skeptisch.

»Im Lüftungsschacht?«, fragte Landon noch skeptischer.

Ich nickte wieder.

»Du machst Witze, oder?«, fragte Landon noch verwunderter. »Baby, dir ist klar, dass ich dir vertraue und das mit der Nachttischlampe nur ein Spaß war?«

»Hier ist jemand eingebrochen«, brachte ich zügig über die Lippen.

Landon riss die Augen auf. »Bitte?«

»Als ihr weg wart. Ich kam gerade aus dem Badezimmer, als ich die Geräusche an der Tür hörte.«

Landon warf seinem Bruder einen Blick zu. Dieser wartete nicht lange. Er ging auf die Tür zu, zog sich einen Stuhl heran und untersuchte den Lüftungsschacht. »Das ist ein Scherz, oder?«, wiederholte Landon. »Warum hättest du uns sonst nicht sofort davon erzählt?«

Ich presste die Lippen zusammen.

»Du willst uns verarschen!«, knurrte er, als ob er glaubte, es so ungeschehen machen zu können. »*Wer* ist hier eingebrochen? Wieso zur verdammten Hölle hast du nichts gesagt?«

»Es war ein Verrückter. Ein Wahnsinniger. Vielleicht ein Stalker aus New York.«

Landon bewegte sich für ein paar ungläubige Augenblicke gar nicht, dann kam er plötzlich auf mich zu, packte mich an den Schultern und zog mich hoch, sodass ich auf dem Bett zum Sitzen kam. »Sag, dass das ein Scherz ist!«

Ich schüttelte den Kopf. »Ich glaube, er beobachtet uns. Deshalb habe ich euch was vorgespielt. Vielleicht sind hier überall Wanzen und Kameras! Er hat ziemlich viel Stuss geredet.«

»Scheiße!«, stöhnte er und sah sich nach seiner Waffe um. »Und du weißt es die ganze Zeit? *Wieso hast du nichts gesagt?* Wo ist der Typ hin?«

Caleb suchte hingegen nach Werkzeug, um den Lüftungsschacht zu öffnen. Er brauchte eine Weile. In der Zeit erzählte ich ihnen alles.

»Der Typ war etwa so groß wie ich, hatte eine halbe Glatze und eine gebeugte Haltung. Er wirkte getrieben und panisch und hat etwas davon gefaselt, dass wir zurück nach New York gehen sollen. Dass wir zusammenbleiben und nicht nach meiner Mom suchen sollen. Und er hat kurzzeitig so mit mir geredet, als wäre ich jemand anderes. Er war vollkommen verrückt. Als ich versucht habe, ihn zu beruhigen, hat er eine Waffe gezückt und ist verschwunden.«

Landon starrte mich fassungslos an.

»Ich wollte es euch ja sofort sagen, aber dann dachte ich, es wäre besser, wenn ich es euch erst im Zimmer erzähle ...«

»Und dann?«, hörte ich Caleb ruhig fragen, der immer noch versuchte, das Gitter zu lösen. »Wieso hast du es im Zimmer angekommen nicht getan?«

»Das ist doch jetzt wohl scheißegal, Gil-Boy!«, fluchte Landon. »Wohin ist der Kerl gegangen, Jade? Hast du noch etwas gehört? Schüsse? Oder Schreie von Leuten, die sich bedroht gefühlt haben?«

»Nein, erst als ich beim Pub angekommen war. Einen einzigen Schuss, aber keine Schreie. Daher dachte ich auch, es wäre vielleicht nur ein Auspuff gewesen ...«

»Ein Auspuff, klar«, spottete Caleb.

»Der muss im Lärm des Pubs untergegangen sein«, sagte Landon nachdenklich. »Wir haben nämlich nichts gehört. Der Kerl ist verschwunden und du weißt nicht, wohin?«

Wieder schüttelte ich den Kopf.

Landon blickte sich im Zimmer um, fand seine abgelegte Waffe, steckte sie in den Hosenbund und durchwühlte seine Reisetasche, bis er die FBI-Marke gefunden hatte. »Wollt ihr hier bleiben?«

Caleb und ich schwiegen.

»Scheiße, Leute, es ist ja wohl klar, dass ich versuchen werde, den Kerl zu finden. Notfalls rufe ich im Büro an oder fahre ins nächste Police Department, um Verstärkung zu bekommen.«

»Tu das«, erwiderte Caleb tonlos. Er hatte das Gitter abgenommen und holte eine kleine Münze hervor. »Meintest du diese ... ›Kamera‹?«, fragte er mich.

Erleichtert atmete ich durch. »Nur ein Vierteldollar-Stück. Sorry, ich dachte wirklich ... irgendwie, na ja, ich dachte ...«

»Ja«, sagte er tonlos. »Du dachtest, wir werden beobachtet, und hieltest es für angebracht, mir erst mal für diese ›Kamera‹ einen zu blasen.«

»Es sollte so aussehen, als würde ich entweder auf den Kerl hören und euch nichts von ihm erzählen oder als hielte ich seine Warnung für einen dummen Scherz. Keine Ahnung! Ich dachte, das wäre klug!«

Calebs Augen verengten sich zu einem unerträglich schmalen Schlitz. Innerlich kochte er, ganz sicher. »*Klug* wäre es gewesen, wenn du uns sofort von der Scheiße erzählt hättest.« Viel ruhiger als sein Bruder griff er nach seiner Waffe und behielt sie in der Hand, ohne sich die Mühe zu machen, sie zu verbergen. »Geh, Landon. Jade und ich packen die Sachen.«

»Und wie soll ich zur Polizei fahren, wenn ihr den Wagen beladet und euch dabei streitet?«, fragte Landon. »Komm schon, Cal, denk mit!«

Caleb schulterte seine Tasche. »Du wolltest erst im Büro anrufen. In der Zeit ist alles gepackt. Jade und ich bleiben im Wagen, während du so tust, als wärest du nichts weiter als ein rechtschaffener und ordnungsliebender FBI-Agent, der inspirationslos durch abgelegene Städte streift, auf der Suche nach Verbrechern, die in fremde Motelzimmer einbrechen. Ich glaube, diese Geschichte nehmen sie dir garantiert ab.«

»Was redest du da? Niemand wird solche Fragen stellen.«

»Na dann.« Caleb verließ das Zimmer.

»Bist du irre?«, rief Landon und hielt seinen Bruder am Arm zurück. »Du kannst nicht alleine draußen rumspazieren.«

Caleb schenkte ihm einen mitleidigen Blick.

»Warte einfach eine verfickte Minute«, sagte Landon und drehte sich zu mir um. »Puppe, würdest du dich langsam mal anziehen? Und hol deinen Kram aus dem Badezimmer.«

Als Caleb mir die Hintertür zum BMW öffnete, spürte ich seine Enttäuschung, als wäre sie greifbar, aber er schien nicht zu wollen, dass ich mich verteidigte. Ich hätte sie nicht anlügen dürfen, auch wenn ich im ersten Moment überzeugt davon gewesen war, es wäre eine gute Idee.

»Darf ich etwas sagen?«, fragte ich, als Landon mir meine Handtasche reichte und gerade zurück nach oben gehen wollte, um den Rest meiner Sachen zu holen.

»Warum solltest du nichts sagen dürfen?«, fragte Caleb spöttisch und zeigte mir damit in aller Deutlichkeit seine Verachtung. Er steckte sich eine Zigarette an, die Pistole noch immer in der rechten Hand.

Ich schluckte, um die Verengung in meinem Hals zu lösen. »Wir sollten nicht fahren.«

»Und warum nicht?«, fragte er desinteressiert.

»Wir sollten diesen Kerl hier suchen. Wenn wir fahren, verlieren wir seine Spur.«

»Du sagtest, er sei nur irgendein Stalker aus New York gewesen«, erinnerte mich Landon.

»Ich weiß. Aber ich glaube, das ist nur Wunschdenken.«

Caleb stöhnte auf und knallte die Fahrertür wütend zu. »Alles klar!«, rief er. »Bleiben wir hier und lassen uns erschießen!«

»Soll ich dir ein Mikro geben, damit dich auch das gesamte Motel hört?«, fragte Landon zynisch.

»Fick dich«, murmelte Caleb und entfernte sich vom BMW.

Landon seufzte und lehnte sich mit den Unterarmen gegen das Dach, sodass er durch das offene Fenster auf mich herabblicken konnte. »Da hast du ja was angestellt, Babe.«

»Ich weiß«, murmelte ich.

»Wieso musstest du ihn denn anlügen? Ich meine, *mich*, mich kannst du anlügen, so oft du willst, du kannst mir die unmöglichsten Geschichten erzählen und sie mir mit jeder erdenklichen Prise Unwahrheit würzen, aber *ihn*? Cal? Und dann bläst du ihm noch einen, als wäre nichts?«

»Ich weiß. Irgendwie hat da kurzzeitig mein Gehirn ausgesetzt. Ich wollte, dass wenigstens er eine Minute Ruhe von all dem Mist hat, der uns umgibt. Keine Ahnung ... ziemlich bescheuert, oder?«

Landon stützte den Kopf auf seine Oberarme und betrachtete mich nachdenklich. »Wieso kann ich eigentlich niemals sauer auf dich sein und ihn bringst du alle paar Minuten auf die Palme?«

Ich zog meine Beine an, als könnten sie mich vor der Wahrheit seiner Worte beschützen. »Bin ich so schlimm?«

Landon seufzte. »Nein, nicht so schlimm wie ich. Ich bringe ihn noch öfter auf die Palme.« Er blickte sich nach seinem Bruder um. »Und was tut er jetzt? Unseren Verfolgern in die Arme rennen, um seinen Schmerz mit einer Kugel im Körper zu ersticken?«

»Du machst mir Angst. Der Verrückte war wirklich spooky. Ich meine, die Kamera habe ich mir vielleicht eingebildet, aber *ihn* nicht! Kannst du Caleb bitte hinterhergehen?«

Landon schüttelte den Kopf. »Er braucht Ruhe. Babe, ich hätte auch gelogen, um dich erst mal vögeln zu können. Aber unser Gil-Boy ist anders. Ihm ist der Sex merkwürdigerweise nicht so wichtig wie uns beiden. Und daher hast du jetzt einiges vor dir, damit er dir wieder verzeiht.«

»Du glaubst, er wird nicht verstehen, warum ich dachte, es wäre eine gute Idee?«

»Selbst wenn er das versteht, dann wird er sauer sein, weil du dachtest, es wäre eine gute Idee.«

»Toll. Ich bin halt nicht so erfahren wie ihr, was diese

ganze Agenten-Mafia-Sache angeht. Warum nennst du ihn eigentlich Gil? War Gil nicht der ...«

»Gemobbte Loser, ja. Aber er war auch irgendwie ... Ich meine, Jack, der war zwar cool, aber er musste niemals etwas aushalten. Caleb und Gil hingegen ...«

»Gil wurde gemobbt und Caleb hat später unter Baresi für die Mafia gearbeitet.«

»Als wir abwechselnd Gil und Jack waren, habe ich das Leid mit ihm geteilt. Was er allerdings während der letzten zwei Jahre in der Mafia erlebt hat ...«

»Willst du gar nicht wissen?«

Landon rieb sich über die Augen, bevor er mich wieder ansah. »Ich will nur, dass du verstehst, dass wir unterschiedlich sind, auch wenn wir gleich aussehen. Wenn du das Bedürfnis hast zu lügen, lüg mich an, und wenn du das Bedürfnis hast, einem von uns einen unvergesslichen Blowjob zu verpassen, wähle Caleb. Aber nicht, während du lügst. Verstanden? Caleb hat es verdient, dass du ihm deine Zuneigung zeigst und ehrlich bist.«

»Verstanden«, sagte ich und versuchte, das Durcheinander an Gefühlen in meinem Bauch zu ordnen. »Wieso hast du kein Problem damit, wenn ich dich anlüge?«

»Du bist Jade Carpenter«, sagte er schief lächelnd. »Du wurdest zum Lügen erzogen.«

Ich schüttelte leise lachend den Kopf und wollte nachhaken, wie er das meinte und warum es ihn nicht störte, als ein Pfiff durch die Nacht hallte.

Landon stieß sich vom Wagen ab und horchte, aus welcher Richtung das Geräusch gekommen war. Er schien seinen Bruder etwas weiter den Gehweg hinunter zu erkennen. »Komm, steig aus, Babe.«

Ich folgte ihm stumm. Wachsam gingen wir auf Caleb zu, der unter dem Vordach des Motels vor dem Zimmer mit der Nummer 14 stand und auf ein Auto blickte. Als er uns kommen hörte, bewegte er den Kopf in unsere Richtung.

Sein Blick war derart leer, dass mich fröstelte.

»Du kommst wie gerufen, Lan«, sagte er tonlos. »Ein klarer Fall fürs FBI.«

Wir schlossen zu ihm auf und sahen uns um, auf der Suche nach dem, was Caleb gefunden hatte. Als Landon mich anstieß und auf den Wagen direkt vor uns zeigte, gefror mein Blut.

»Ist er das?«, fragte er raunend.

Die Kleidung des Mannes war unverkennbar die des Kerls, der in unser Zimmer eingebrochen war.

Ich nickte.

»Caleb?«, sagte Landon ruhig. »Du weißt, was das bedeutet. Verschwinde.«

Der gesamte Parkplatz wurde in Blaulicht getaucht. Einige der Motelgäste, ein Dutzend Polizisten und vier Sanitäter liefen zwischen den blinkenden Polizeiwagen umher.

Landon war irgendwo unter ihnen, aber von hier oben konnte ich ihn unmöglich erkennen.

»Geh vom Fenster weg«, verlangte Caleb harsch.

Ich fuhr herum, denn ich hatte ihn nicht kommen gehört. »Hast du dich etwa rasiert?«, fragte ich ungläubig, denn es hätte auch Landon sein können, der mir aus dem Badezimmer entgegenkam – abgesehen von dem leeren Blick.

»Wonach sieht es aus?«, sagte er höhnisch und warf das Handtuch, mit dem er zuvor sein Gesicht abgetrocknet hatte, aufs Bett. »Du hast deine Tasche noch hier oben, stimmt's?«

»Ja, was brauchst du?«

»Hautcreme.«

»Klar.« Ich öffnete den Handkoffer, den ich vorhin in aller Eile gepackt hatte, suchte in meinem Kulturbeutel nach einer Gesichtscreme, die Caleb nach seiner Rasur zur Pflege benutzen konnte, und drückte sie ihm in die Hand.

Er bedankte sich nicht.

»Warum hat Landon ›Verschwinde‹ gesagt und nicht ›Verschwindet‹? In Mehrzahl?« Ich war Caleb Richtung Bad gefolgt, wo er sich die Creme genauer anschaute.

»Weil nur ich verschwinden muss.«

»Und warum rasierst du dich dann ...? Ich hasse es, wenn ich euch nicht auseinanderhalten kann.«

»Sag mal, checkst du es nicht?«, fragte er und blickte auf. Seine grünen Augen blitzten kalt. »Was glaubst du, was hier gleich noch los sein wird? Du wirst als Zeugin vernommen und Landon wird in die Ermittlungen einbezogen. Niemand weiß bisher, dass es einen Zwilling gibt, und das soll auch so bleiben. Im Notfall werde ich zu Landon, kapiert?«

»Musst du mich so anmachen?«, fragte ich nüchtern.

»Ja«, brummte er und öffnete die Cremedose. »Was ist das? Irgend so ein superteures Lifting-Zeug?«

Ich streckte meine Hand aus und legte sie auf seine, die die Dose hielt. Dabei glitt ein Schauer durch meinen Körper, weil ich ihn berührte und gleichzeitig fürchtete, er würde mich vor Wut beiseitestoßen.

»Kannst du das bitte einfach lassen?«, fragte er kühl, rührte sich aber nicht.

»Es tut mir leid.«

»Was genau? Dass du mich lieber in den Himmel geblasen hast, statt mir Hinweise zu geben, dass etwas nicht stimmt? Oder dass du deine Scheißhand nicht wegnimmst, obwohl ich es dir sage?«

»Mann, was ist dein Problem!«, fauchte ich. »Ich hab ja

versucht, das Licht auszuschalten, damit die Kamera uns nicht einfängt, aber Landon war eben zu blöd, es einfach zu tun!«

»Mein *Problem*?«, wiederholte er.

»Und dass ich dir einen geblasen habe, ›ohne dir Hinweise zu geben‹, kam daher, dass es eh nicht auf die Minute ankam!«, verteidigte ich mich. »So wirkte es wenigstens echt! Hätte uns jemand beobachtet.«.

»Und du glaubst, ich hätte es so was von nötig, dich zu vögeln, dass du mich munter anlügst?«

»Blödsinn! Es hat dir gefallen und ich dachte ...!«

»Nein«, unterbrach er mich, »ich glaube, du hast nicht besonders weit gedacht.«

»Es ist nichts passiert, oder?«, fragte ich resignierend. »Der Verrückte war schon tot, als wir im Zimmer angekommen sind!«

Caleb verdrehte die Augen und blickte wieder hoch in den Spiegel. Trotzig verschränkte ich die Arme vor der Brust und versuchte, das Bild vor meinem inneren Auge zu vertreiben, das sich dort eingenistet hatte. Das Blut an der Windschutzscheibe, der zerschossene Kopf, der keiner mehr war. »Er hat sich in den Hals geschossen, oder?«

»In den Mund«, sagte Caleb, der sich nun, ohne die Creme anzurühren, mit den Händen aufs Waschbecken gestützt hatte und in den Abfluss blickte.

»Hätte ich ihn davon abhalten können?«

Caleb verzog einen Mundwinkel. »Hast du Schuldgefühle?«

»Ziemlich viele.«

Er antwortete nicht, also trat ich an ihn heran. Vorsichtig legte ich eine Hand auf seinen Oberarm als Zeichen, dass ich mich entschuldigen wollte.

Ich spürte, wie er sich unter meiner Berührung anspannte, und dennoch ließ ich meine Hand dort ruhen.

Während ich noch nach Worten suchte, um mich zu entschuldigen, richtete er sich plötzlich auf, griff an meinen Hals und zog meinen Kopf zu sich hoch. Er kam meinem Gesicht bis auf wenige Zentimeter nahe, sodass sein Atem meinen streifte.

»Lüg mich. Nie wieder. An«, knurrte er. Seine Lippen berührten beinahe meine, aber er war viel zu wütend, um mich zu küssen. Sekundenlang standen wir voreinander, da war nur unser Herzschlag, nur der Atem.

Dann drehte er mich herum.

Ich keuchte.

Seine trainierten Oberarme drückten mich gegen die Wand. Er griff um meine Taille herum, öffnete den Verschluss meiner Shorts.

Nach nur wenigen Sekunden hatte er mich daraus befreit, während sein Körper mich an der Wand gefangen nahm. Ich spürte seine Erektion an meinem Schritt, hörte die Schnalle seines Gürtels und das Rascheln einer aufgerissenen Kondompackung.

Ohne ein weiteres Wort zu verlieren, drückte er mich höher und drang von hinten in mich ein. Er stöhnte, atmete in meinen Nacken und fickte mich tief.

Wie erstarrt ließ ich es geschehen, hin- und hergerissen zwischen meiner Hingabe und dem Wunsch, alles zu erklären. Aber er ließ mich nicht entkommen, er ließ mich nicht frei. Er nahm mich mit harten Stößen gegen die Wand, sodass unsere Geräusche im Badezimmer widerhallten und jeder Gedanke vertrieben wurde.

Seine Hand ruhte an meiner Hüfte, die andere auf den kalten Fliesen neben meinem Arm. Ich spürte ihn, wie er immer tiefer glitt und schließlich mit einem letzten, festen Stoß kam.

Er verteilte sich in mir und wartete, bis sein Höhepunkt vollkommen vorüber war. Dann zog er sich zurück, zog das Kondom ab und warf es in den Mülleimer. Ich blieb an die Wand gelehnt stehen, unfähig mich zu bewegen.

Caleb schloss seine Hose, seinen Gürtel und zog sich das Sweatshirt über, das er für die Rasur ausgezogen hatte.

»Da hast du deinen Sex«, sagte er trocken und verließ den Raum.

LANDON

»Wir wissen, wer der Tote ist.« Detective Cooper hielt einen Ausdruck in den Händen und reichte ihn mir. »William Sinclair, vierunddreißig Jahre, verwitwet, eine Tochter, seit vier Jahren Patient in der Klinik Ocean Breeze, ein Stück außerhalb von LA, Richtung Norden.«

»Klinik?«

»Psychiatrie. Geschlossene Station.«

Ich überflog den Ausdruck. »Er wurde entlassen?«

»Nein, er ist ausgebrochen.«

»Wann?«

»Vor sieben Monaten etwa. Das ist vielleicht ein Mist, da was rauszufinden. Diese Ärzte mit ihrer dämlichen Schweigepflicht. Die haben was zu verbergen, ganz sicher, so wie die gerade am Telefon geklungen haben.«

»Vielleicht sind sie auch einfach nur schockiert gewesen«, gab ich zu bedenken und drehte den Ausdruck um. Die Rückseite war leer. Man hatte offenbar schnell ein Fax ans Motel geschickt. »Kann mir vorstellen, dass es nicht gerade für eine gute Reputation der Klinik sorgt, wenn ein entflohener Irrer sich Monate nach seiner Flucht in den Kopf schießt.«

Cooper lachte. »Was machen *Sie* eigentlich hier? Urlaub?«

»Sieht es danach aus?«

»Aber Sie wurden von dem Vorfall auch überrascht, oder?«

Ich lächelte schmal und faltete den Zettel zusammen. »Stellen Sie mir keine Fragen, dann muss ich Sie nicht daran erinnern, dass ich sie nicht beantworten darf. Ich werde in New York anrufen und Sie informieren, wenn das Büro noch weitere Fragen hat.«

»Vielleicht darf *ich* die nicht beantworten«, sagte Cooper feixend. *Der ewige Streit um die Zuständigkeiten bei Kriminalfällen.*

»Das werden wir sehen«, sagte ich und reichte ihm die Hand. »Bis morgen, und versuchen Sie, heute Nacht noch Schlaf zu bekommen.«

Cooper sah sich im Gewimmel der Polizeiwagen, Schaulustigen und der Spurensicherung um. »Wird schwer werden, aber man kann ja hoffen. Gute Nacht.«

»Nacht.« Noch auf dem Weg zurück ins Motelzimmer holte ich mein Handy hervor. Vier Anrufe in Abwesenheit. Susan Carpenter. Es war ein verdammt befremdliches Gefühl, den Rückruf zu wählen. Früher war sie nur meine Vorgesetzte gewesen, die ich gehasst hatte, jetzt war sie meine Mutter, die ich nicht mehr hassen musste.

Ich hatte ihr und Silva Baresi, *meinem Vater*, einiges zu verdanken. Das Auto, das Mädchen, das ›Kleingeld‹ für den Trip ... Sie sorgten dafür, dass es möglich war. Dass Caleb nicht verfolgt und ich nicht gekündigt wurde. Sie hielten uns den Rücken frei.

Sie taten alles, um ihr schlechtes Gewissen zu bereinigen.

»Landon?«, fragte Susan, als sie abnahm.

»Ja, ich bin es.«

»Wirklich? Caleb ...«

»Klingt genauso, ich weiß.« Ich lehnte mich gegen die Veranda und blickte von oben auf das Treiben hinab. »Wer hat dich informiert?«

»Informiert?«

»Na, ich meine ...« Ich schaltete. Susan wusste noch nichts von dem Vorfall mit Sinclair und es war vermutlich besser, sie vorerst nicht zu beunruhigen. »Warum rufst du an?«

»Weswegen sollte ich informiert worden sein?«

»Dass wir morgen in Kalifornien ankommen. Rufst du nicht deswegen an?«

»Ich wollte Jade anrufen, aber ihr Handy ist ausgeschaltet.«

»Soll ich sie dir geben?«

»Ich weiß es nicht«, seufzte sie. »Ich weiß nicht, ob ich es ihr sagen sollte oder ob ihr das besser tut, da ihr gerade bei ihr seid. Das seid ihr doch, oder? Zu dritt?«

Jades Mom – *unsere* Mom – trug die Dreiergeschichte mit Fassung, auch wenn sie sie nicht ganz glauben wollte. »Wir sind zu dritt. Was soll ich Jade ausrichten?«

»Unser Detektiv hat endlich Erfolge erzielt.«

»Was hat er herausgefunden?«

»Ihren Namen. Den Namen von Jades leiblicher Mutter. Ana Lin.«

Fuck, das sind gute Neuigkeiten. »Grandios«, ich konnte meine Freude nicht verbergen, »das erleichtert die Suche nach ihrer Adresse immens.«

»Ja ...« Susans Stimme klang belegt. »Es gibt nur zwei Adressen, die infrage kommen. Ihr findet die richtige davon sicher, wenn ihr hinfahrt.«

»Schick sie mir bitte.«

»Natürlich, nur ...«
»Ja?«
»Ihr werdet Ana Lin nicht persönlich antreffen.«
»Sie ist weggezogen?«
»Sie ist tot.«

CALEB

Ich zündete mir eine Kippe an und blieb im Schatten stehen, während Landon und Jade sich dem Grab näherten. Mir war nicht bewusst gewesen, wie warm Kalifornien im Frühjahr ist und wie sehr mich das nerven würde. Die Zigarette schmeckte nicht. Die Erkenntnis, fast 3000 Meilen umsonst gefahren zu sein, machte den Geschmack zu bitter.

»Das ist sie also.« Der Wind trug Jades Stimme bis zu mir unter die Eiche. »Das ist also das Gespräch, das wir führen können. An einem Grabstein.«

Landon legte einen Arm um ihre Schultern. »Sieh es so; deine Adoptivmutter wäre jetzt vielleicht auch tot und es hätte dich nicht gekümmert.«

Ich verdrehte die Augen. Mein Bruder, das einfühlsame Trampeltier.

»Ja, manchmal ist es einfach besser, wenn man nichts weiß. Vielleicht war Ana Lin ein Monster. Ich meine, sie hat mich weggegeben.« Jade lachte und Landon zog sie an sich, um sie zu küssen. »Wer würde mich schon weggeben? Sieh mich an, ich bin so fantastisch, mich will man nicht verlieren.«

Landon lächelte und strich ihr eine Strähne aus dem

Gesicht. »Stimmt genau, Baby. Außerdem brauchen wir uns keine Sorgen mehr um sie zu machen. Eine Person weniger, die entführt werden kann, um uns zu erpressen.«

»Du meinst, um Caleb zu erpressen. Deinen Bruder mit seinen zahlreichen Feinden bei der Mafia.«

»Ich glaube, so viele waren es nicht ...«, sagte Landon feixend und küsste Jade noch einmal. »Nur eine Handvoll, die er erledigt hat, aber die sind schließlich zu tot, um sich an ihm rächen zu können.«

Ich könnte kotzen.

»Stimmt«, sagte Jade ironisch, »daran habe ich noch gar nicht gedacht.«

»Dafür hast du ja mich.«

»Wir ergänzen uns einfach zu perfekt.«

»Ja, manchmal habe ich das Gefühl, als wären wir hier die Zwillinge und nicht der Muffel da hinten unterm Baum und ich.«

»Ich kann dich hören«, informierte ich Landon rufend.

»Oh, gut!«, rief mein Bruder zurück und winkte mir zu. »War auch meine Absicht.«

»Lass ihn«, sagte Jade und griff nach Landons Hand. »Was hältst du von einem Spaziergang? Weißt du noch, wie ich dich nach der Uni manchmal in den Central Park gequält habe?«

»Nein, das habe ich aus meiner Erinnerung gelöscht. Ich behalte nur die guten Dinge im Kopf.«

»Wie die Sexmarathons?«, fragte Jade flirtend.

»Wie zum Beispiel die«, säuselte Landon und streichelte vertraut ihren Nacken, als sie sich abwandten und Richtung Hang gingen. »Jetzt, wo deine Mutter ein Grashalm ist, könnten wir doch wieder damit anfangen, oder? Mit den Sexmarathons?«

»Du bist so makaber.«

»Ich sehe nur in die Zukunft ...«

Jade lachte und dann konnte ich sie nicht mehr hören.

Als sie zudem außer Sichtweite waren, ging ich auf das Grab zu. Ich zündete eine zweite Zigarette an und las die Grabinschrift.

Ana Lin

*12.05.1974 †14.09.2017

wurde uns durch einen

tragischen Unfall viel zu früh genommen

Sie war vor knapp einem halben Jahr im Alter von 43 Jahren gestorben. Sie hatte Jade früh bekommen und war nicht gerade alt geworden. Und irgendein entlaufener Irrer hatte uns davor gewarnt, nach ihr zu suchen?

Das stank doch zum Himmel.

Zehn Minuten später hatte ich die Adresse von Ana Lins ehemaligem Haus herausgesucht und ins Navi des BMW eingegeben. Mit laufendem Motor wartete ich auf dem Parkplatz darauf, dass Landon und Jade zurückkamen. Ich wollte nicht glauben, dass Jade der Tod ihrer Mutter egal war, andererseits hatte sie vielleicht nie zu hoffen gewagt, sie überhaupt kennenzulernen. Ana Lin hätte ihr auch mit völligem Desinteresse begegnen oder sich als Monster herausstellen können. Der Tod schien für Jade die harmlose Alternative zu sein.

»Na, worüber grübelst du?«

Überrascht drehte ich mich nach rechts. Jade lehnte im offenen Beifahrerfenster und lächelte mich zweideutig an.

»Machst du mir den Kofferraum auf?«, fragte sie. »Ich brauche etwas.«

Wortlos betätigte ich den Knopf, aber sie blieb stehen.

»Also, worüber denkst du nach?«

»Gar nichts. Hol dein Zeug und setz dich rein.«

»Ich muss vorher noch zur Toilette.«

»Dann tu das.«

»Du bist sauer, oder?«

»Nein. Ich bin ungeduldig.«

»Warum gibst du mir nicht einfach einen Kuss?«

Ich atmete tief durch. »Jade.«

»Sag mir, worüber du nachdenkst.«

»Deine Mutter«, platzte es aus mir heraus. »Scheiße, Jade, da stinkt etwas. Ich will herausfinden, was es ist.«

»Was stinkt?«

»Alles. Sie ist erst vor kurzem gestorben. Wobei? Einem Unfall, wie es auf der Inschrift steht? Wer hat den Unfall herbeigeführt? Verdammt, dir kann das doch nicht dermaßen egal sein.«

Ihre Miene verschloss sich. »Doch, ist es. Ich will nicht mehr in ihrem Leben herumstochern. Bitte, Caleb, ich will nicht weiter graben und nachher noch irgendetwas herausfinden, was ich niemals wissen wollte. Sie ist tot. Und damit muss ich leben.«

»Wir sind fast dreitausend Meilen gefahren! Für das hier?!«

»Bitte.«

»Ich glaub's nicht.«

»Willst du dich über mich hinwegsetzen?«

»Ja! Verdammt noch mal!«

»Okay ... wenn dir mein Wille so egal ist, dann muss ich damit leben. Du zeigst mir ja gerne, dass er dir nichts bedeutet.«

»Süße ...«, lenkte ich ein.

»Was denn? Du hast mich schon an Landon weitergereicht, obwohl ich es nicht wusste, und mich nicht einmal gefragt, ob ich es wollte. Erinnerst du dich? An die Party vorletzte Woche? Du hast mir die Augen verbunden und ich hatte keine Ahnung, wer mich da gerade *fickt.* Dir ist doch scheißegal, wie ich etwas sehe.«

»Das stimmt nicht«, raunte ich.

»Ach, nein? Wer ist denn drauf und dran, hierzubleiben und nach *meiner* Mutter zu suchen?«

»Du willst die Scheiße verdrängen. Wie mein Bruder. Manchmal ist es aber besser, mit offenen Augen durch etwas hindurchzugehen.«

»Du hast doch keine Ahnung davon, was ich alles verdränge und was nicht. Wenn dir meine Bitte nichts bedeutet, okay, dann muss ich wohl damit leben.« Sie stieß sich vom Auto ab und ging nach hinten zum Kofferraum.

Ich schloss die Hände fester ums verschissene Lenkrad und war drauf und dran, auszusteigen und sie zur Vernunft zu bringen. Aber war das meine Aufgabe? Sollte ich sie erziehen, nur weil ich glaubte, mehr Lebenserfahrung zu haben?

Jade hatte jahrelang mit Kokain gedealt, ohne erwischt zu werden. Sie war gerissen, sie war schlau und verdammt gut in den Dingen, die sie erreichen wollte – selbst im Studium hatte sie es weit gebracht, ohne überhaupt jemals hinzugehen. Das war immerhin auch eine Leistung, oder?

Ich hatte keine Ahnung. Lag sie richtig? War mir ihr Wille egal? Ein wenig, vielleicht. Weil ich sie liebte. Weil ich Angst hatte, sie könnte sich für etwas Falsches entscheiden. Ich wollte sie beschützen, ich wollte sie vor ihren eigenen, meist dummen Entscheidungen bewahren.

Und all das sollte ich ihr vielleicht noch einmal sagen, damit sie verstand.

Aber sie blieb vorerst verschwunden und tauchte erst eine geschlagene Viertelstunde später mit Landon gemeinsam wieder auf.

Sie kamen Arm in Arm auf den BMW zu und mein Bruder öffnete ihr die hintere Tür.

»Hey«, sagte Landon, nachdem er sich zu mir nach

vorne gesetzt hatte, »denkst du gar nicht an deinen ökologischen Fußabdruck, wenn du den Motor laufen lässt?«

»Macht einfach die Türen zu.«

»Was hast du vor? Wirst du uns zu Brei fahren, um deiner Depression ein Ende zu setzen?«

»Oh, das ist 'ne gute Idee.«

Landon grinste. »Hast du das gehört, Jade? Mr. Miesepeter hat einen Witz gemacht.«

»Soll ich dir einen Kalender geben, um den Tag rot anzumalen?«, fragte Jade und lehnte sich zwischen den zwei Vordersitzen hindurch nach vorne. »Obwohl, vielleicht wird der Tag nur orange, für rot muss einfach mehr kommen.« Sie streichelte durch mein Haar und ich ließ es nur widerwillig geschehen.

»Im Gegensatz zu euch verdränge ich nicht jedes Problem, das mich belastet.«

»Nein, du sitzt es aus und schiebst schlechte Laune«, triezte Landon mich. »Das ist viel besser.«

Ich drehte das Radio lauter und ignorierte ihn einfach.

Die beiden schwiegen glücklicherweise für ganze zehn Minuten. Dann griff Jade zwischen uns und schaltete das Radio wieder aus.

»Wo fahren wir jetzt hin?«

Ich seufzte, denn ich hatte mich im Geiste schon auf den Rückweg eingestellt. Aber klar, nach ihrer Rede sollte ich sie wohl vorher *fragen*, was sie will. »Wohin möchtest du fahren, Prinzessin?«, fragte ich betont höflich.

»Och, ich weiß nicht«, sagte sie locker, gar nicht mehr so ernst wie vorhin. »Wohin treibt es dich? Wenn es nicht gerade eine Friedhofstour wird, bin ich für alles offen.«

Landon überprüfte die eingegebene Adresse im Navi. »Sieh mal einer an. Mein Bruder will Detektiv spielen und noch mal zu dem Haus deiner Mom zurückfahren.«

»Aber was soll das bringen?«, fragte Jade. »Ich glaube kaum, dass ich ein Anrecht auf ihr Erbe habe.«

»Aber diese Frau, die uns geöffnet hat, war schon merkwürdig, oder?«, erinnerte uns Landon. »Als hätte sie etwas zu verbergen.«

»Und wenn schon ...« Jade seufzte und lehnte sich zurück. »Wie viel mag der Bungalow wert sein? 20.000 Dollar? Der war ziemlich heruntergekommen. Vielleicht hat die neue Besitzerin ihn ja unter der Hand ›gekauft‹, aber wollen wir da wirklich Polizei spielen ...?«

»Ich habe es verstanden«, knurrte ich. »Wir fahren nicht noch einmal dahin.«

Stille.

»Sag mal, was zur Hölle ist eigentlich los?«, fragte Landon mich.

»Nichts.«

»Ja, das merkt man richtig. Mein ›Nichts‹ verläuft ungefähr genauso.«

Ich schwieg.

»Dieser Verrückte, der in das Motelzimmer eingebrochen ist«, begann Jade zögernd, »der war einfach nur wahnsinnig, richtig? Wie ich gesagt habe, nur irgendein Freak.«

»Ein Freak, der uns kannte, der wusste, dass wir Brüder sind, und uns davor gewarnt hat, deine Mutter zu suchen.« Ich konnte es mir nicht verkneifen. »Wie hat er herausgefunden, dass wir hier sind?« Die beiden gaben keine Antwort, also sprach ich weiter. »Er muss uns den ganzen Weg hierher gefolgt sein. Seit zwei Tagen also. Wir sind durchgefahren, Landon und ich im Wechsel. Wie soll er es alleine geschafft haben, uns zu folgen? Und woher weiß er überhaupt, dass es uns gibt? Seit wann stalkt er dich, waren wir wirklich nicht vorsichtig genug? Wir konnten die ganze Scheiße vor der Mafia und Susan geheim halten, aber so einem Verrückten fiel es auf? Nein, die Sache stinkt zum Himmel.«

»Der Kerl stammt nicht aus New York«, erklärte Landon.

»Was?!«, fuhr ich ihn an.

»Er ist aus einer Irrenanstalt, ganz hier in der Nähe.«

»Was?!«, wiederholte ich fassungslos.

»Sorry, Susan hat angerufen und mir die Infos über Ana Lin durchgegeben, da hab ich vergessen, es euch zu sagen.«

»Was für ein beschissener Agent bist du eigentlich?!«, knurrte ich ihn an. »Und dann latschen wir hier einfach munter zum Grab von Jades Mom, wo wir jederzeit angegriffen werden könnten?«

»Der Typ war krank und hat sich in den Kopf geschossen. Ziemlich unwahrscheinlich, dass er uns noch einmal verfolgt.«

»Aber er war nicht allein!« Fuck, ich konnte meine Wut kaum zurückhalten. »Wir laufen zum Grab und präsentieren uns damit wie auf einem Silbertablett!«

»Offenbar hat uns unser Instinkt nicht getäuscht, wir leben noch.«

Ich hätte ihn gerne geschlagen.

»Sagt ihr mir, wenn ihr fertig mit Streiten seid?«, fragte Jade genervt von hinten.

Hätte ich nicht am Steuer gesessen, hätte ich für einen Moment die Augen geschlossen, um herunterzukommen. »Ihr habt recht«, sagte ich schließlich, die Wut in meiner Stimme unterdrückend, und schaltete das Radio wieder ein. »Tun wir so, als wäre niemals etwas gewesen.«

»Das verlangt ja keiner ...«, sagte Landon.

»Jade war gerade ziemlich deutlich.«

»Ich?«, fragte sie. »Ich versuche, mich bei eurem Schwanzvergleich rauszuhalten.«

»Du willst nicht mehr über deine Mutter herausfinden.«

»Was sollten wir da auch herausfinden können?«

»Du willst so tun, als bestünde unser Leben nur aus Spiel und Spaß.«

»Ich will, dass wir zusammen sind. Und glücklich.«

Ich warf ihr einen skeptischen Blick über den Rückspiegel zu.

Sie lächelte in sich hinein. »Na gut, Spiel und Spaß gehören dazu.«

»Eben.« Ich bog auf den Highway ab. »Fahren wir nach Vegas.«

JADE

»Bist du sicher, dass du dieses Hotel willst?« Landon drehte seine Kreditkarte in der Hand und rief sich die Preise auf seinem Smartphone auf.

»Ja, wieso nicht?«

»Ein Zimmer kostet 400 Dollar.«

»Und wie viel kostet eine Suite?«

Landon blickte auf. Sein Blick war kritisch.

»Moment.« Ich nahm ihm die Karte aus der Hand. *Landon Mulvaney.* »Warum zur Hölle hast du Landons Kreditkarte?«

»Hm?«

»Mach mir nichts vor, du bist Caleb! Landon würde uns die Suite buchen und nicht eine Sekunde darüber nachdenken.«

»Tatsächlich?«, fragte Caleb und sah zu seinem Bruder, der am Eingang in der Lobby geblieben war, damit das Zwillingsding nicht sofort auffiel. Er trug Calebs Cap.

»Warum habt ihr die Cappys getauscht? Macht es euch Spaß, mich zu verwirren?«

»Nein, er hat mich nur gebeten, das Zimmer zu buchen, um mit deiner Mutter telefonieren zu können.«

»Eurer Mutter.«

»Wie auch immer. Mit Cap bucht es sich in diesem Nobelschuppen vermutlich nicht besonders gut. Außerdem glaube ich nicht, dass Lan noch so viel Geld auf der Karte hat. Eine Suite kostet eins sieben.«

Ich lachte. »Das ist ungefähr mein Taschengeld.«

»Dann sollten wir es nicht verbraten.«

»Pro Tag.« Ich holte meine eigene Karte aus meiner Handtasche hervor. »Solange ich es für Kleider, Suiten, Restaurants und anderen ungefährlichen Schnickschnack ausgebe und nebenbei so tue, als würde ich studieren, kann ich so viel Geld ausgeben, wie ich nur möchte. Der Gouverneur von New York wird uns diese wunderschöne Nacht bezahlen. Oder sein verstorbener Vater, von dem er all sein Geld geerbt hat. Oder irgendjemand aus eurem Familienstammbaum, der dafür verantwortlich ist, dass die Carpenters so verschissen reich sind.«

»Unserem Familienstammbaum«, spöttelte Caleb.

Ich lächelte ihn vorsichtig an, ein zaghafter Versuch, mich endlich wieder mit ihm zu versöhnen. »Es ist eigentlich euer Geld. Ihr werdet das Familienvermögen erben.«

Caleb nahm mir die Karte aus der Hand. Schweigend las er meinen Namen darauf. »Dass es jemals so wird, hätte ich mir nicht mal erträumen können.«

»Was meinst du?«

Es schien, als wolle er etwas anderes sagen, aber dann lächelte er nur. »Mit meinem Bruder zusammen, außer Gefahr und steinreich. Ich buche uns die Suite. Aber gewöhn dich nicht dran, ich bin sparsam und ich denke nicht, dass wir auf die Unterstützung deines Großvaters bis in alle Ewigkeit zählen können. Auch wenn ich gerne das Geld dieses Wichsers ausgebe.«

»Oh, du hasst ihn auch?«

»Nicht mehr oder weniger als alle heuchlerischen Politiker New Yorks.«

Ich spürte einen Kloß in meinem Hals aufkommen. »Warum ist es nur so schwierig, dich glücklich zu sehen? Wieso suchst du immer wieder nach Gründen, es nicht zu sein?«

»Wie bitte?«

»Schon gut.« Ich nahm ihm die Karte wieder aus der Hand. »Du kannst die Suite nicht mit meiner Karte buchen. Also hol am besten schon mal die Sachen aus dem Auto oder so. Vielleicht heitert dich die Wüstensonne draußen etwas auf.«

Er öffnete den Mund für eine Erwiderung, verzog schließlich die Augenbrauen zu einer wütenden Grimasse und nickte. »Ja. Natürlich.«

Ich sah ihm traurig nach, bevor ich mich an die Rezeption wandte. Warum hatte Caleb wieder von seinem Hass auf die Politiker beginnen müssen? Und warum war unsere Beziehung seit gestern so verfahren? Ich hatte ihn angelogen – ja, aber das war vor zwanzig Stunden gewesen und trotzdem war er noch sauer. Nicht einmal sein Bruder konnte ihn umstimmen. Und vorhin im Auto war er auch so verdammt merkwürdig gewesen. Zerbrach mein Happy End nach nur wenigen Tagen?

Von dieser inneren Enttäuschung angefressen, setzte ich bei der Buchung noch einen drauf.

Ja. Ich war Jade Carpenter, verdammt. Die Adoptivtochter Susan Carpenters, die Enkelin eines der mächtigsten Männer New Yorks. Ich genoss den Luxus, den diese Herkunft mit sich brachte, und ich hatte kein schlechtes Gewissen. Machte mich das zu einem schlechten Menschen? Und wenn schon. Dann musste Caleb sich eben einen Engel suchen, mit dem er ein superehrliches, geldfreies Leben führen konnte.

———

»Baby?«, rief mich Landon fünfzehn Minuten später zu sich und ließ die Taschen vor der Flügeltür auf den Boden fallen. »Warum steht über unserer Zimmernummer: Präsidentensuite?«

»Warum steht bei unserem Zimmer überhaupt eine Nummer?«, fragte ich zurück. »Es gibt schließlich nur eine.«

Landon ließ den Kiefer nach unten fallen und wartete, bis ich die Tür mit unserer Karte aufschloss.

»Du hast *diese* Suite gebucht und wir tragen wie die letzten Deppen unseren Kram selbst hinein?«

»Das wollte Caleb so.« Ich sah mich nach dem zweiten Zwilling um, der einen meiner Koffer und meine Tasche mit sich trug, bevor ich eintrat und das Licht einschaltete. Augenblicklich wurde der pure Luxus der Suite in sanfte Helligkeit getaucht. Bereits im Flur schienen die Möbel, die Lampen und der Fußboden zu glänzen, und im hinteren Wohnbereich glitzerte die Einrichtung wie Diamanten.

Die Tür hinter mir fiel zu, was mich verwunderte. Ich ging zurück, um sie wieder zu öffnen, und hörte Landon dumpf dahinter reden.

Schnell wurde mir klar, dass er die Tür absichtlich geschlossen hatte, aber wer war ich, wenn ich nicht lauschen würde? Ich legte mein Ohr an das Holz und verstand so jedes Wort.

»Findest du, dass sie das verdient?«, fragte Landon. Manchmal konnte ich ihre Stimmen so leicht zuordnen, als würden sie unterschiedlich klingen. »Dass du uns mit deiner Laune alles zerstörst?«

Ein dumpfer Aufprall deutete darauf hin, dass Caleb meine Tasche fallen gelassen hatte. »Ernsthaft, Lan?«

»Ich liebe diese Frau und du behandelst sie, als würdest du das nicht mehr tun.«

»Warst du gestern dabei? Sie hat mir ins verschissene Gesicht gelogen.«

»So ist sie halt. Sie tut viel, um ihren Willen durchzusetzen.«

»Dann lass mich auch wütend auf sie sein.«

»Nein, Mann. Sie hat nicht gerade die glücklichste Phase ihres Lebens mit uns durch. Erst meine Heuchelei, dann dein Verrat –«

»Ich habe sie nicht verraten.«

»Aber sie dachte es. Fuck, sie hätte dich beinahe umgebracht, indem sie diesen Fettsack Mike verführt hat! Erinnerst du dich nicht? Wie lange ist das her? Eine Woche? Wer verdrängt hier eigentlich was?«

»Geh mir einfach aus dem Weg.«

»Nein.«

»Verdammt, Jack.«

»Du bist Jack! Der, der sich für die normalen Bedürfnisse um sich herum immer zu cool war! Jetzt sei kein Vollidiot und wieder normal zu ihr.«

»Ich kann nicht!«, zischte Caleb. »Ich kann ihr das nicht verzeihen. Weil ich *mir* nicht verzeihen kann.«

»Hä?«

Eine kurze Pause, bevor Caleb weitersprach. Fast zu leise, als dass ich ihn verstehen konnte. »Ich habe sie nicht durchschaut. Aber ich habe sie sonst immer durchschaut. Ich kann mir nicht verzeihen, dass ich ihre Lüge erst geschluckt und dann ihren Mund geknebelt habe, als sie bereit gewesen wäre, uns alles zu erzählen. Ich habe in dem Moment selbst viel zu sehr an den Sex gedacht, mir war alles andere egal. Ich bin ausgehungert und gierig nach ihrem Körper und ich könnte noch meinen größten Feind vergessen, wenn sie nackt vor mir steht. Deswegen hasse ich *mich*, und sie kriegt es zu spüren, weil ich unfähig bin, ihr das genau so zu sagen.«

Ich lächelte überglücklich und sank gegen das Holz der Tür. Caleb war nicht auf mich sauer! Er hatte wie Landon und ich auch eine Schwäche, zu der er nicht stehen wollte.

»Cal«, hörte ich Landon einfühlsam sagen. »Du weißt, dass du mir ins Herz schießen könntest, und du wärest immer noch mein Bruder, den ich liebe. Ich glaube, bei der Kleinen ist das genauso. Quäl sie nicht länger.«

Caleb murmelte etwas, das ich beim besten Willen nicht mehr verstand.

Aber das wollte ich auch nicht. Geräuschlos sprang ich auf, lief in den Wohnraum, orientierte mich zwischen den zwei Schlafzimmern, der Küche und dem Panoramabalkon, bevor ich Musik einschaltete und das Licht dämmte. Ich schob zwei Stühle vor die Pole-Dance-Stange, die sich wie ein Deko-Objekt in den Raum fügte, und sorgte für eisgekühlte Drinks auf den Beistelltischen. Mir selbst machte ich einen Martini, öffnete mein Haar, entledigte mich meiner Klamotten, zog meine Lippen mit dem Lipgloss aus meiner Hosentasche nach, einen der Bademäntel aus dem Bad über und ging zurück zur Tür.

Sie hatten bereits mehrmals geklopft.

Als ich ihnen öffnete, lehnte ich mich in den Rahmen. »Hi«, sagte ich dunkel.

Landon ließ die Faust sinken, mit der er ein weiteres Mal hatte klopfen wollen.

Caleb wirkte noch immer ernst.

»Ihr dürft reinkommen«, raunte ich, »aber nur, wenn ihr eure Sweater auszieht.«

Die Männer warfen sich einen Blick zu.

»Einverstanden?«, fragte ich verführerisch und wickelte eine Strähne um einen Finger meiner freien Hand. Mit der anderen führte ich das Glas Martini zu meinen Lippen.

Caleb war der Erste, der sich an das Ende seines Shirts griff, um es auszuziehen. Er brauchte nur die Bauchmuskeln freizulegen, und mein Schritt begann vor Verlangen zu lodern.

Ich schluckte unmerklich und drehte mich um, während ich die Tür für sie öffnete.

Den Geräuschen nach zu urteilen, folgten sie mir, trugen die Taschen herein, stellten sie ab und schlossen die Tür.

»Nur eine kurze Frage ...« Landon.

Ich drehte mich zu ihm um und hielt einen Finger vor meine Lippen.

Er lächelte, definitiv angeturnt. »Hast du uns belauscht, kleine Königin?«

»Vielleicht?«, fragte ich, griff nach der Pole-Dance-Stange und zog mich aufs Podest hoch. Ich kuschelte mich an das zimmerwarme Metall, um zu zeigen, dass wir die nächste Stunde beste Freunde werden würden. »Ihr solltet aufhören zu denken, ihr könntet Geheimnisse vor mir haben. Ich bin zu klug, um sie nicht irgendwann zu erfahren.«

Landon nickte seinem Bruder zu. »Wo sie recht hat ... Und jetzt, Lady Moulin Rouge? Wie lautet dein Plan?«

»Setzen«, verlangte ich grob und versuchte, ihren nackten, tätowierten und gestählten Oberkörpern nicht allzu viel Aufmerksamkeit zu schenken, denn wenn ich ehrlich zu mir war, konnte ich mir bereits jetzt nichts Schöneres vorstellen, als sie mit meiner Zunge an jeder erdenklichen Stelle zu berühren.

Landon lachte und ließ sich in einen der Sessel fallen. Caleb blieb stehen.

»Auch du, Caleb«, verlangte ich mit süßlich-drohender Stimme und bewegte mich sanft an der Stange. »Oder willst du etwas verpassen?«

»Wie hast du uns unterscheiden können?«, wollte er

wissen. »Du hast uns den Rücken zugedreht und wir haben unbeabsichtigt die Plätze getauscht.«

»An deiner ernsten Fresse, Bruder«, sagte Landon genüsslich. »Es liegt nicht in meiner Natur, so ein Gesicht aufzusetzen.«

Ich musste schmunzeln, als Caleb versuchte, seine Gesichtszüge zu entspannen. »Soll ich dir einen Trick verraten, wie du entspannen kannst?«, fragte ich ihn mit rauchiger Stimme. »Gib dich einfach hin und versuche nicht, die Situation wie gewohnt zu beherrschen.«

Er konnte nicht anders, er musste leise lachen und setzte sich auf den zweiten Sessel. Nicht ohne nach dem Whiskey zu greifen, der neben der kühlen Rum-Cola stand.

»Ein weiteres Spiel, Prinzessin?«

»Ich nenne es: Spiel um Wahrheit. Ich werde gleich die Augen schließen und ihr tauscht die Rollen und werdet unerkennbar. Immer dann, wenn ich doch errate, wer ihr seid, erhalte ich ... ein Geschenk. Und wenn ich es nicht schaffe, ihr.«

»Geschenke in Form von unvergesslichen Höhepunkten?«, fragte Landon ironisch und nahm einen Schluck aus dem Colaglas.

Ich schmiegte mich enger an die Stange. »In Form von Wünschen. Was auch immer es ist.«

Die Brüder drehten synchron die Köpfe, um sich in die Augen zu sehen.

»Wieder ein Spiel«, sagte Caleb.

»Sie ist darin verdammt gut.«

»Und kann es nicht lassen, uns herauszufordern.«

»Sie kann niemals etwas lassen, auch wenn es besser für sie wäre.«

»Das ist ja mein Problem«, sagte Caleb. »Wie sollen wir es schaffen, sie zu beschützen?«

»Wir könnten uns, nachdem sie verloren hat, nur ein paar Einhörner wünschen statt die wirklich bösen Dinge, die uns gerade durch den Kopf schwirren. Vielleicht schafft das Vertrauen.«

»Sie vertraut uns ja schon, aber sie hört dennoch nicht auf uns.«

»Das ist dein Problem, Bruder. Mein Trick ist, nichts von ihr zu verlangen.«

Caleb lächelte in sich hinein und sah wieder zu mir hoch. »Deal.«

Ein zufriedenes Lächeln wanderte auf meine Lippen, als ich die Augen schloss.

»Lass sie offen«, verlangte Caleb. »Wir brauchen die Plätze nicht zu tauschen.«

Ich schlug sie wieder auf. »Was?«

»Ich muss dir leider sagen, dass du die erste Runde schon verloren hast, Baby.«

Ich lachte ihn aus. »Nein.«

Er trank einen weiteren Schluck aus seinem Glas. »Wir wussten bei der Tür schon, welches Spiel du spielen willst, also haben wir getauscht. Bevor du es vorgeschlagen hast.«

Ich schüttelte den Kopf. »Nein.«

Meine Augen huschten zu Landon, der ein dermaßen ernstes Gesicht aufgesetzt hatte, dass ich verunsichert lachen musste.

»Niemals«, flüsterte ich. Wieder blickte ich zu Caleb, der mit seinem selbstgefälligen Lächeln auch Landon hätte sein können, und zu Landon, der so ernst wie Caleb wirkte. Geradezu enttäuscht. Enttäuscht, weil ich sie nicht auseinanderhalten konnte.

Wieder wechselte mein Blick und ich lächelte plötzlich. »Ihr Arschlöcher. Wenn ihr unfair spielen wollt, dann geht runter ins Casino.«

Caleb pfiff.

Landon grinste.

Ich hatte recht behalten, sie waren, wer sie waren, und ich hatte mich nicht getäuscht. »So wie ich das sehe, geht die erste Runde nun an mich«, ergänzte ich kühl.

Sie lächelten beide gleichzeitig.

»Meinetwegen«, sagte Caleb.

»Das war das letzte Mal, dass ich meinem Bruder gestattet habe, dir zu zeigen, wie es ist, angelogen zu werden«, ergänzte Landon.

»Kann ich also wenigstens dir vertrauen?«, fragte ich ihn.

Er hob eine Braue. »Ich fürchte nicht, aber du kannst gerne so tun, als ob.«

Ich atmete frustriert durch. »Vielleicht habe ich heute Nacht lieber Sex mit der Pole-Dance-Stange als mit euch.«

»Bloß nicht«, sagte Caleb grinsend.

»Du könntest meinetwegen mit ihr anfangen, dagegen habe ich nichts«, sagte Landon.

»Ich habe einen Wunsch frei«, erinnerte ich sie und öffnete gleichzeitig die Schlaufe des Bademantels.

»Der da wäre?«, fragte Landon.

»Seid *ehrlich*.« Ich ließ den Bademantel fallen und enthüllte meine Dessous. Die Augen der Brüder flackerten vor Verlangen auf. Ich hatte heute Morgen zufällig einen meiner heißesten BHs und Slips angezogen, weil sie obenauf gelegen hatten. Jetzt beglückwünschte ich mich dafür.

Mit der Fernbedienung, die ich vorhin auf dem Podest deponiert hatte, schaltete ich die Musik lauter und begann, mich an der Stange zu bewegen.

Ich genoss das Lied, den Tanz, den Beginn dieses Abends. Ganz ohne Alkohol oder Drogen ließ ich all die negativen Dinge ziehen, die mich verfolgt hatten. In diesem Moment zählte nichts bis auf die pure Wahrheit meiner Existenz und die Tatsache, dass ich mich mit zwei unschlagbar attraktiven Männern, für die ich mehr empfand als für mein eigenes Leben, in einer Suite in Las Vegas befand.

Der Flow der Musik ergriff mich und ich dachte nicht darüber nach, ob das, was ich an dieser Stange tat, nun heiß aussah oder nicht. Ich dachte gar nicht mehr nach. Ich fiel.

»Sicher, dass das noch die Jade ist, die wir kennen?«, hörte ich einen der Brüder fragen. Sie umkreisten mich, sodass ich nicht mehr sagen konnte, wer zuvor rechts oder links gesessen hatte. »Oder ist es eine Stripperin aus dem Club unten?«

»Nein, die wäre bei weitem nicht so gut.« Caleb.

Ich lächelte. Ohne hinzusehen, hatte ich ihn erkannt. Sanft umkreiste ich ein weiteres Mal die Stange und beugte mich dann zu dem Zwilling hinunter, der zuvor gesprochen hatte. Ich griff an sein Kinn und zog ihn zu mir. »Caleb«, flüsterte ich.

Er lächelte. »Gut erkannt. Was wünschst du dir?«

»Fangen wir mit etwas Leichtem an. Beantworte eine Frage. Wenn du für mich zahlen müsstest, wie viel wäre ich dir wert?«

»Ich könnte dich niemals bezahlen«, raunte er zurück.

»Falsch«, sagte ich und richtete mich wieder auf. »Eigentlich besitze ich nicht einen einzigen Penny, denn ich habe nicht mal den heruntergekommenen Bungalow meiner verstorbenen Mutter geerbt.«

Die Männer lachten.

»Hast du gerade meinen Bruder gefragt, wie viel er für dich ausgeben würde?«, fragte Landon mich und griff plötzlich nach meinem Handgelenk. Er zog meine Finger vor seine Lippen und hauchte einen Kuss darauf. »Es wäre immer zu wenig.«

Ich entzog sie ihm wieder, griff an die Stange und ließ mich mit ausgestrecktem Po nach unten gleiten.

Die Männer wechselten ihre Position, umschlichen mich wie zwei Raubtiere, aber ich blieb wachsam und merkte mir, welcher Caleb war.

»Also?«, fragte ich ihn herausfordernd.

Er atmete tief durch. »Wenn ich tausend Dollar hätte, dürftest du hundert davon haben, um sie für deine verschwenderischen Ambitionen auszugeben. Ist das die Antwort, die du hören wolltest?«

»Ja, das geht in Ordnung. Da du weitaus mehr besitzt als 1000 Dollar, bin ich mit 10.000 Dollar zufrieden. Monatlich. Den Rest darfst du bezahlen.«

»Wow, großzügig, Bruder.«

Caleb schüttelte lachend den Kopf. »Die Carpenters warten nicht darauf, uns auszuzahlen und zu Millionären zu machen.«

»Mein Großvater ist krank. Er hat einen Schlaganfall nach dem nächsten und versucht, es gemeinsam mit meiner Mutter vor allen zu vertuschen. Ich durfte ihn nicht mal im Krankenhaus besuchen. Vielleicht erbt ihr schneller, als ihr glaubt, wenn Susan auf die Idee kommt, ihren Tod vorzutäuschen, um endlich mit Silva ihr Glück zu finden.«

Dass diese Zukunftsvision gar nicht mal so abwegig war, merkte ich, als die Zwillinge sich durch einen bedeutungsvollen Blick verständigten. Einerseits liebte ich es, wenn sie sich stumm austauschten, andererseits wollte ich unbedingt erfahren, worüber sie nachdachten.

Sie umkreisten mich wieder und Caleb blieb plötzlich vor mir stehen.

»Du hast recht«, sagte er und wartete darauf, dass ich mich mit der Stange im Rücken nach unten gleiten ließ. Die Beine aufreizend gespreizt. »Vielleicht sind wir bald

Millionäre und reicher, als wir es uns jemals zu erträumen gewagt hätten. Und um deine Frage zu beantworten: Ich würde nicht eine Sekunde zögern und dir einen Zugang zu unserem Bankkonto einrichten. Davon kannst du die Galerie eröffnen, von der du schon so lange träumst, und dir deinen Studienabschluss erkaufen und noch mehr von diesen großartigen Dessous. Denn ich vertraue dir. Und wenn ich nur einen einzigen Cent hätte, du dürftest ihn haben.«

Meine Wangen wurden heiß. »Wirklich?«, fragte ich leise.

»Wirklich. Und jetzt zieh diesen verdammten Slip aus, ich habe einen Wunsch frei.«

»Was?«

»Du dachtest, ich sei Caleb, aber weit gefehlt.«

Ich lachte und legte befreit den Kopf in den Nacken.

»Los«, knurrte er ungeduldig und ich gehorchte, indem ich meinen Po anhob und den Slip mit geschmeidigen Bewegungen von meinen Beinen streifte.

»Woher wusstest du, dass ich eine Galerie eröffnen will?«

»Ich habe es ihm gesagt.« Caleb trat vor mich. »Weißt du, wer ich bin?«

»Ja?«

»Sehr schön«, sagte er lächelnd. »Denn ich weiß, was du dir jetzt wünschst.« Er ging vor mir in die Hocke, während Landon an die Stange griff und sich zu mir aufs Podest stellte.

Caleb griff an die Innenseiten meiner Schenkel und drückte sie bestimmend auseinander. Mein Atem beschleunigte, als er sie gegen meinen Widerstand noch weiter spreizte.

»Sollte ich nicht bestimmen dürfen, was ich will?«

»Nein«, sagte Landon und streichelte mein Kinn.

»Denn der Slip war nur der Anfang meines Wunschs.« Er öffnete seinen Gürtel, als Caleb zwischen meinen Lippen versank.

Ich keuchte auf, als seine Zunge sich zwischen meine Wände bohrte und von meiner Öffnung aus nach oben glitt. Als er meinen Kitzler berührte, weitete ich meine Beine noch ein wenig mehr. Verdammt, ich wollte, dass er mich verschlang.

»Nicht nur deine Beine solltest du öffnen«, verlangte Landon dunkel und griff an mein Kinn. Er drückte es zärtlich nach unten und schob mir seine Schwanzspitze zwischen die Lippen. »Fuck, du wirst heute Abend so was von in Sperma schwimmen, Baby, das glaubst du gar nicht.«

Er fickte mich ruhig in den Mund, während Caleb mich untenrum befriedigte.

Schon jetzt hatte ich das Gefühl, es könne keine Steigerung mehr geben, so angeheizt war ich und so sehr konnte ich genießen.

Ich begann, laut zu stöhnen, um ihnen zu bedeuten, dass sie nicht aufhören durften, und spürte Glück wie warmes Feuer in meiner Brust entstehen, als Landon mich daraufhin noch schneller fickte.

Caleb hatte seine Hände unter meinen Hintern gelegt und küsste und liebkoste mich so leidenschaftlich, dass ich ihn kaum wiedererkannte. Hatte er mir verziehen? Oder gehörte das zu seiner Masche, mich zu verwirren?

Landon schloss eine Hand um seine Härte und zog sich aus mir zurück, während er in mein Haar griff und meinen Kopf nach hinten streckte, sodass ich zu ihm aufsehen musste. Seine Schwanzspitze befand sich verlockend nah vor meinem Gesicht und ich wollte eigentlich auf keinen Fall aufhören, sie mit meinen Lippen zu umspielen. »Was meinst du, Baby, wollen wir gemeinsam kommen?«

Ich nickte und er schob sich augenblicklich wieder zwischen meine Lippen.

»Das war eine rhetorische Frage«, sagte er grinsend und fickte mich so schnell, dass ich kaum zu Atem kam, was dadurch verstärkt wurde, dass Caleb mich mit seiner Zunge in meinem Gang vögelte.

Ohne Worte schienen sie sich zu verständigen, denn Caleb widmete sich wieder meinem Kitzler, als Landon sein Tempo zu einem Höhepunkt intensivierte.

Er zog sich in exakt dem Moment zurück, als Caleb dafür sorgte, dass ich schrie – und verdammt, ich schrie vor Lust und Glück, Landons mächtiger Schwanz direkt vor meinem Gesicht, als er abspritzte. Auf meine Brüste.

Unendlich angeturnt hob ich meine Hände und zog ihn zu mir heran, um den Rest seines Samens von seinem Schwanz zu lecken.

Er stöhnte gefällig und schob ihn mir ein letztes Mal tief in den Hals.

Kaum war der erste Sturm verklungen, fiel mir auf, dass etwas merkwürdig war.

Ich ließ ihn aus meinem Mund gleiten und sah von Landon zurück zu Caleb, der sich von mir gelöst und wieder aufgerichtet hatte.

»Moment«, sagte ich zweifelnd. »Sicher, dass ihr ...«

»Was?«, fragte Caleb selbstgefällig lächelnd.

»Nein, der Blowjob? Ich meine, Landon hat mir auf die Brüste ... gespritzt. Scheiße, bist *du* Landon?«

Die Männer lachten mich aus.

»Zwei zu eins für uns.«

»Für euch?«

»Was meinst du, Lan«, sagte Caleb und wartete, bis sein Bruder vom Podest gestiegen war. Er reichte mir beiläufig den Bademantel, um meine Brust zu säubern. Fuck, sie hatten mich getäuscht. Aber woher hätte ich auch wissen sollen, dass ausgerechnet Caleb den Part der reuevollen Zuwendung übernimmt? »Sie hat uns ja beide gleichzeitig verwechselt. Haben wir dann zwei Wünsche frei?«

Landon grinste ihn an und schloss seine Hose wieder. »Ich denke, wir können die Regeln so für uns anpassen.«

Ich schnaubte. »Was wollten wir noch mal genau mit ihr tun?«

»Du hast vorgeschlagen, ihr irgendetwas von Einhörnern zu erzählen.«

»Ah, richtig. Die alte Masche, wenn ich meine wirklich bösen Gedanken zu verbergen versuche.«

»Ja, ziemlich peinlich. Mir schwebt da etwas ganz anderes vor.«

»Hat es etwas mit ihrem Hinterteil zu tun?«

»Und mit rot glühender Haut ...«

»Vergesst es!«, rief ich und schloss meine Beine wieder.

Sie blickten von oben auf mich herab. »Geh dich erst mal duschen und komm dann ins Schlafzimmer.«

»Das ist ein blödes Spiel«, grummelte ich.

Die Zwillinge grinsten. »Finden wir nicht.«

Ich verdrehte die Augen und befolgte ihren Vorschlag. Im Badezimmer spülte ich meine Brust ab und säuberte meinen Schritt. Nackt trat ich zurück ins Schlafzimmer, wo mich die Brüder erwarteten.

Ebenfalls nackt.

Oh mein Gott. Ihre prallen Schwänze lockten mich, vor ihnen in die Knie zu gehen, aber erstens würde ich ihnen damit einen zu großen Gefallen tun und außerdem hatte ich keinen blassen Schimmer, wer welcher war.

Ich versuchte es zu überspielen und ging an ihnen vorbei, darauf hoffend, dass sie sich durch eine spezielle Geste oder ein bestimmtes Wort verraten würden.

»Hiergeblieben«, sagte der eine von ihnen und legte

seine Hand schraubstockähnlich um mein Gelenk. »Letzte Chance, Süße, wer von uns ist wer?«

Ich blickte verzweifelt in sein Gesicht. »Caleb?«

Er lachte, ließ mich los und schob mich in Richtung seines Bruders. »Nope. Leg dich aufs Bett.«

Ich schloss für einen Moment gequält die Augen, bevor ich gehorchte.

»Andersherum«, verlangte Landon.

Ich stöhnte genervt und legte mich auf den Bauch.

Die Brüder fassten mich an den Fußgelenken und zogen mich zum Bettende, sodass mein Po über der Bettkante schwebte.

»Wie lange ich darauf gewartet habe, ihren schönen nackten Arsch wieder vor mir zu sehen.«

»Ja, und sie dafür bestrafen zu können, dass sie einfach nicht schnallt, wer von uns wer ist.«

»Können wir es ihr verübeln?«

»Kriege ich wenigstens ein Safeword?«, fragte ich säuerlich.

Sie lachten. »Du kannst es dir ja bei der nächsten Gelegenheit wünschen.« Dann folgte der erste Schlag.

Ich zuckte zusammen. Nicht nur, weil meine Klit direkt auf der Bettkante lag und sie durch den Stoß dagegen gedrückt wurde, sondern auch, weil es so verflucht erregend war.

Jedenfalls noch.

Die Frage war, wie weit sie es treiben würden.

Den nächsten Schlag vollführte Landon. Ein erregendes Zwirbeln auf meiner Haut.

Caleb, seine Handfläche prallte von meinem Hintern ab und hinterließ ein prickelndes Ziehen.

Keinen Schmerz.

Nur Geilheit.

Einer von ihnen legte eine Hand auf meinen Rücken,

damit ich nicht mehr zappelte, dann schlug er wieder zu. Ich drückte ihnen meinen Hintern entgegen, weil ich es kaum erwarten konnte, dass sie mich von hinten nahmen.

»Mh, sie kann nicht genug bekommen«, säuselte einer von ihnen.

»Kann ich sehr wohl, Mulvaney!«, zischte ich und der nächste Schlag blieb aus.

»Verdammt, was hat mich verraten?«

»Deine ignorante Herangehensweise!«, säuselte ich und grinste in mich hinein.

»Schön, du hast es vermasselt, Lan«, sagte Caleb ironisch. »Wie soll dein Safeword lauten, Prinzessin?«

»Ich brauche keines.« Mit glühendem Hinterteil drehte ich mich um. Irgendwie war es ja auch schade, dass sie schon aufhörten. »Ich habe eine ziemlich lange Liste an Dingen, die ihr für mich tun könnt, und da ihr die Spielregeln nach eurem Belieben ebenfalls angepasst habt, bin ich für eine kleine Unterbrechung.«

Caleb lachte spöttisch. »Als würden wir jetzt einfach aufhören können.«

»Nein«, säuselte ich und streichelte über die Innenseite meiner Beine. »Ich meine damit, dass ich euch ab jetzt nicht mehr auseinanderhalten können *will*. Denn ihr werdet beide dasselbe mit mir tun.«

Landon hob eine Braue. Ich strich mit meinen Fingern zu meinen Brüsten hoch.

»Zum Beispiel hier. Ich habe zwei.«

Die Brüder verständigten sich ohne Worte und für einen Moment war es so still, dass ich glaubte, sie würden mir widersprechen und wirklich abbrechen, aber dann bewegten sie sich synchron auf mich zu. Sie legten sich zu meinen Seiten, jeder von ihnen griff gleichzeitig nach einem meiner Schenkel und ließ seinen Mund auf meine Knospen sinken.

Ich stöhnte auf.

»Gott!«, seufzte ich und sank in die Kissen. Wie auch immer sie es schafften, aber es kam mir so vor, als hätte sich der andere jeweils verdoppelt, so perfekt waren ihre Küsse aufeinander abgestimmt. Meine Spitzen waren längst hart und sie saugten und knabberten daran, ehe sich einer von ihnen löste und meinen Mund suchte.

Gierig ließ ich mich verschlingen. Stieß mit meiner Zunge in Calebs Mundhöhle vor, wurde im nächsten Moment am Hals gepackt und von Landon in seine Richtung gezogen. Er küsste mich mindestens ebenso leidenschaftlich. Kaum hatte ich mich ihm ein paar Sekunden gewidmet, zog mich Caleb wieder an sich.

»Das war's?«, fragte er nach einem weiteren, unglaublich heißen Kuss. »Mehr wünschst du dir nicht?«

»Oh doch«, sagte ich atemlos und drehte mich blitzschnell auf ihn. Ich beugte mich über seine Brust, leckte gierig über seine Brustwarzen und die Muskeln unter seinen Tattoos, während ich meine Hüfte immer tiefer gleiten ließ.

Er war so hart, dass es ein Leichtes war, mich auf ihn zu schieben. Obwohl ich nicht geweitet war, drückte ich mich immer tiefer, sodass er mich mehr und mehr ausfüllte, bis ich auf ihm zum Sitzen kam.

Ich verharrte regungslos, um das Gefühl seines dicken Schwanzes in mir vollkommen auskosten zu können.

»Kätzchen, das Kondom«, erinnerte er mich stockend und griff über sich zum Nachttisch, wo die Brüder welche abgelegt hatten.

»Du darfst eben nicht kommen«, flüsterte ich.

Er betrachtete mich dunkel. »Heißt das, du willst es riskieren?«

Landon stöhnte. »Rede nicht so viel, Bruder. Fick sie endlich. Oder glaubst du, ich kann noch lange warten?«

Im Gegensatz zu seinem Bruder zog Landon sich ein Kondom über und nahm auch die Creme vom Nachttisch, die neben den Packungen lag.

Ein Schauer lief durch meinen Körper, als mir klar wurde, was sie vorhatten.

»Hm, freust du dich darauf?«, fragte Caleb.

»Ich liebe es«, gestand ich ihm und ließ meine Lippen auf seine sinken, während ich ihn mit gleitenden Bewegungen zu ficken begann. Seine Länge war riesig und es war die reinste Wohltat, mich auf ihm auf und ab zu bewegen.

Dann spürte ich Landons Hand an meinem Anus. Er weitete mich und legte dabei überraschend viel Geduld an den Tag.

Eine ganze Weile tat ich nichts anderes, als Caleb zu vögeln, ihn immer wieder zu küssen und Landons weitende Finger zu genießen. Es war nicht unangenehm, nichts von alldem war unangenehm.

Als er sich hinter mir positionierte, stöhnte ich erwartungsvoll auf.

Urplötzlich wurde auch Calebs Handhabe härter. Er griff in mein Haar, zog meinen Hals an seine Lippen und leckte über ihn, während Landon meinen Arsch in die Höhe schob und seine Spitze in mich gleiten ließ.

Unerbittlich schob er sich vor, ohne auf mein hektisches Atmen zu achten. Seine ungemeine Härte reizte mich bis kurz vor meine Schmerzgrenze, aber er hörte nicht auf, sich in mich zu schieben, bis er ganz in mir war.

Und dann begann er, mich hart zu ficken.

Sodass ich schrie.

»Scheiße!«, keuchte ich, aber Caleb griff schmerzhaft in mein Haar, dirigierte meinen Mund vor seine Lippen und küsste mich verlangend. Ich keuchte in seinen Mund, als Landon immer schneller wurde, und dann stieß auch Caleb wieder zu.

»Fuck!«, stöhnte ich in Calebs Mund, der mir daraufhin strafend in die Lippe biss und meinen Mund noch gieriger mit seiner Zunge versiegelte.

Landon verlangsamte sein Tempo nicht im Geringsten, während sein Bruder sich ebenfalls unerbittlich in mich schob, sodass ich immer dann, wenn sie sich gleichzeitig in mich vorstießen – und zwar nicht auf die Streichelzootour – aufschreien musste.

Sie benutzten mich, nahmen mich hart und rau und schafften ein schrecklich verlangendes Gefühl zwischen meinen Wänden.

Irgendwann wurde aus meinen Schreien ein lautes ›Ja!‹, ein ›mehr!‹, ein ›bitte!‹ und ich flehte sie an, noch tiefer zu gehen, noch schneller zu werden, mich noch dominanter zu nehmen und zu ficken, bis ich endlich von einem Orgasmus überrollt wurde, der alles übertraf, was ich an diesem Abend empfunden hatte.

Als hätten die Brüder nur darauf gewartet, dass mein Körper in Ekstase geriet, stießen sie sich in mich, verengten so meine Gänge, sorgten für die ultimative Reibung und ließen mich kommen. Und kommen. Und verdammt noch mal kommen!

Caleb küsste mir das Stöhnen von den Lippen, während ich mich auf ihm rieb, sodass zu allem, was ich innerlich fühlte, auch noch äußerliche Reibung hinzukam.

Verdammt, nachdem die Welle vorüber war, sank ich zusammen. Aber nicht auf ihm, denn er drehte mich blitzschnell herum, sodass ich auf dem Rücken lag.

Landon zog sein Kondom ab, ließ es auf den Boden fallen und legte sich auf mich.

Ausgehungert küssend schob er seinen prallen Schwanz in mich und fickte mich mit langsamen, aber ebenso harten Stößen wie zuvor.

Nach wenigen Minuten drehte er uns herum, sodass

ich dieses Mal auf ihm lag. Er legte seine Hände auf meine Brüste, streichelte die Brustwarzen und lächelte mich an.

Und dieses eine ganz bestimmte Landon-Lächeln würde ich niemals mit Caleb verwechseln.

»Bereit?«, fragte er sanft.

Wieder durchlief ein Schauer meinen Körper. Ich nickte.

Dieses Mal war es Caleb, der sich hinter uns bewegte, und dieses Mal widmete er sich nicht meinem Po.

Er drückte mich nach vorne, sodass ich auf Landons Oberkörper lag, der seine Hände nun dafür benutzte, meinen Rücken zu streicheln, und schob sich zu Landons Schwanz in meinen Gang.

»Keine Kondome, hm?«, raunte Landon an meinem Ohr, aber ich war viel zu beschäftigt damit, innerlich zusammenzubleiben, um darüber nachdenken zu können.

Oder vielleicht dachte ich darüber nach. Denn das Wissen, dass sie sich wirklich ohne Schutz in mir bewegten, war so ... so ... fuck, unglaublich.

Caleb drang immer weiter in mich vor, aber war dabei genauso vorsichtig wie letztes Mal. Als sie damit begannen, sich gleichzeitig in mir zu bewegen, schien ich zu zerreißen und doch war alles, was ich fühlte, ein einziger, scheinbar niemals endender Rausch.

Sie kamen und ich kam mit ihnen.

Sie stöhnten und ich stöhnte mit ihnen.

Wir erreichten einen Höhepunkt und doch ging es noch höher.

Ich berührte sie, aber ich war mehr als die Grenzen meines Körpers.

Ich schrie, sie fickten mich, ich atmete schwer, sie atmeten gar nicht mehr und dann spürte ich ihren Samen an meinen Wänden und das, was ich empfand, mochte ein Orgasmus sein, aber er war noch so viel mehr.

Für ein paar Sekunden jedenfalls verlor ich meinen Verstand und wachte erst dann wieder auf, als sie neben mir lagen.

Ich blickte in das eine Gesicht, blickte in das andere und versuchte, mich zu erinnern, welcher von beiden welcher war.

Aber unmöglich, ich war viel zu erschöpft fürs kombinatorische Denken.

Einer von ihnen griff an mein Kinn und drückte es zärtlich in seine Richtung.

»Und?«

»Ich weiß es nicht«, gab ich offen zu. Mein Unterleib schien in Watte getaucht zu sein, ich empfand bis auf ein allumfassendes Glücksgefühl in jedem Winkel meines Körpers so gut wie gar nichts mehr. »Ich habe keinen blassen Schimmer, tut mir leid.«

»Okay, dann können wir uns ja noch etwas wünschen«, sagte der Zwilling und senkte seine Lippen auf meine hinab. Nur ein kurzer Kuss, zu mehr war ich nicht in der Lage. »Heirate uns.«

Ich riss die Augen auf. »Was?«

Der andere Bruder legte seine Hand auf meine Wange und zog mich ebenfalls in seine Richtung. »Ja«, sagte er ruhig, »tu es.«

»Wie zur Hölle soll das gehen?«, fragte ich perplex und überspielte somit das merkwürdige Gefühl in meiner Brust, das sich zwischen das Glücksgefühl drängte. Ich sollte sie heiraten? *Ich sollte heiraten?*

»Gib uns ein Versprechen«, sagte der andere Bruder. »Und wir geben dir unseres.«

»Wir können nicht heiraten. Nicht mal hier in Las Vegas.«

»Meinst du? Gib mir mal das Telefon, Cal.« Landon

streckte seinen Arm aus und Caleb legte ihm das Telefon vom Nachttisch in die Hand. »Die Rezeption.«

Caleb drückte die Kurzwahl.

»Was zur Hölle habt ihr jetzt vor?«, flüsterte ich.

Caleb zuckte die Achseln und feixte.

»Ja, Carpenter, Zimmer 10-01. Sie haben doch einen Juwelier im Haus, oder? ... Könnten Sie uns eine Auswahl an einfachen Eheringen hochbringen? Etwas Schlichtes. Platin, keine Diamanten, wir wollen damit keine Hypotheken ablösen ... Selbstverständlich.« Er reichte Caleb den Hörer zurück. »Wer sagt, wir könnten dich nicht heiraten?«

»Ihr wollt nur so tun, als ob?«

»Was soll das heißen? Was verändert sich denn, wenn die Kirche das Ganze absegnet?«

»Ich meine nur ...«

»Wenn Susan und du nicht beschließt, die Adoptivsache auszuräumen, sind wir dadurch sowieso verwandt. Kein Grund also, in Panik zu verfallen.«

»Wow, und das von dir«, sagte ich beunruhigt.

»Ja, wundert mich gerade auch«, foppte Caleb seinen Bruder.

»Ja, ja. Dann poppe ich eben meine Adoptivschwester. Na und? Ihre Pussy gefällt mir halt.«

Ich schlug ihm gegen den Kopf. »Blödmann!«

»Du redest nicht vom Poppen, sondern vom Heiraten.« Caleb richtete sich auf. »Ich gehe unter die Dusche. Willst du mitkommen?«

Landon verzog sein Gesicht. »Alter, nein? Das kannst du schön alleine?«

»Ich habe mit Jade gesprochen.«

»Ach so. Fang bloß nicht an, schwul zu tun.«

Caleb verdrehte die Augen und ging Richtung Bad.

»Wir reden später, okay?«, sagte ich, gab Landon einen Kuss und huschte vom Bett.

»Fliehst du vor dem Jawort?«, rief mir Landon hinterher.

»Ich fliehe nur in die Dusche, weil mein ganzer Körper sich anfühlt, als wäre er in Sperma ertränkt worden!«, rief ich zurück.

Er schnaubte. »Ist mir eh egal, was du dazu sagst. Die Loysters zwingen dich schon zu deinem Glück.«

Ich hielt inne. »Loyster?«

»Jacks und Gils erfundener Geburtsname. Jetzt geh schon. Caleb weint sonst.«

Ich streckte ihm die Zunge heraus und verschwand ins Bad. Er hatte mich durchschaut. Ich floh. Aber nicht, weil ich nicht ja sagen wollte.

Sondern weil ich es mich nicht traute.

LANDON

»Ich nehme den hier. Zweimal in Größe 9,9 und einmal in Größe 6,4.«

»Zweimal, Sir?«

»Ja, ich bin ein Chaot, und bevor ich ihn verlege und meine Zukünftige das mitbekommt …«

»In Ordnung. Ich werde die Ringe bestellen und Sie können sie morgen mit einer Gravur abholen.«

»Auf die Herrenringe den Namen Jade und auf den Damenring das Zwillingssymbol. Ich bin Zwilling vom Sternzeichen«, ergänzte ich für den Fall, er könne Verdacht schöpfen.

»Natürlich.« Der Juwelier nickte höflich, packte seine Auswahl wieder ein und verließ das Zimmer.

»Chaot, hm?« Jade tauchte plötzlich neben mir auf und lehnte sich an die Küchentheke, auf der der Juwelier seine Auswahl ausgebreitet hatte. »Meinst du, er nimmt dir das ab?«

»Hat er eine Wahl?«, fragte ich zwinkernd. »Ist Cal in der Dusche ertrunken oder wo hast du ihn gelassen?«

»Hör zu.« Sie beugte sich vor und wurde ernst. »Ich muss dir etwas anvertrauen, aber ich will, dass es unter uns bleibt.«

Okay, Scheiße. Damit hatte ich nicht gerechnet. Wollte sie mit mir über unsere Beziehung sprechen? Warum konnte es nicht einfach so geil bleiben, wie es das bisher gewesen war? »Jade, wenn du ...«

»Ich will noch nicht zurück.«

»Was?«

»Ich will nicht zurück nach New York, aber ich glaube, Caleb will das schon. Wenn ich es mir recht überlege, möchte ich eigentlich niemals wieder zurück nach New York.«

»Okay?«

»Nichts okay! Du weißt doch, wie er ist. Ständig muss er seinen Kopf durchsetzen.«

»Na ja ... er ist da nicht wesentlich schlimmer als du oder ich.«

»Bitte. Du möchtest doch auch nicht zurück, oder?«

Mir war es egal. Aber konnte ich ihr das sagen? Irgendetwas schien sie zu belasten.

»Siehst du.« Sie nahm mein Schweigen als bejahende Antwort. »Bitte, hilf mir dabei, Caleb zu überzeugen.«

»Und wie soll ich das anstellen? Darin bist du besser als ich.«

»Nein, ich glaube nicht. Ihr solltet unter vier Augen darüber sprechen. Vielleicht morgen Mittag. Geht gemeinsam essen oder so was, gönnt euch Zeit zu zweit und sprecht darüber, was er will, was ich will, was du willst ... Verstehst du? Aber lass bloß nicht durchblicken, dass es meine Idee gewesen ist! Hörst du?«

Ich runzelte die Stirn. »Ich soll meinen Bruder anlügen?«

»Nein! Nur ... wenn er erfährt, dass es meine Idee war, wird er wieder versuchen wollen, mich dazu zu bringen, doch zurück nach New York zu gehen, um meine Vergangenheit zu bewältigen oder so einen Scheiß. Bitte.«

»Kannst du das nicht mit ihm klären? Warum der Umweg über mich?«

Sie wich untypisch zurück und in ihren Augen entstanden Tränen.

Ich blickte gar nichts mehr. »Baby ...«

»Wenn du mir nicht helfen willst, ist das auch okay.«

»Ich glaube nur, dass du ihn unterschätzt. Der Knabe liebt dich, der frisst dir viel eher aus der Hand als mir.«

»Er hat es aber noch nie zu mir gesagt. Er hat nicht gesagt, dass er mich liebt.«

»Echt nicht?«

Sie presste die Lippen zusammen. »Ist ja auch egal. Darf ich heute bei dir schlafen?«

»Was?«

»Darf ich?«

»Wieso bei mir?«

»Nachdem ich mit Caleb gesprochen habe, wird er bestimmt alleine sein wollen, wetten?«

Ich schüttelte ratlos den Kopf. War das noch dieselbe Jade, die wir keine halbe Stunde zuvor in den Himmel und zurück gefickt hatten? »Tu dir keinen Zwang an«, sagte ich abweisend. »Mit gar nichts.«

Ich wollte an ihr vorbeigehen, doch sie hielt mich am Oberarm zurück. Sie öffnete ihre Lippen zu einem ›Ich blas dir auch einen‹-Mund und schaute mädchenhaft zu mir hoch.

Mir gefiel ihr Gehabe gerade gar nicht, aber vielleicht sollte ich wirklich zuerst mit meinem Bruder sprechen, bevor ich sie verurteilte.

»Alles klar, schlaf bei mir«, sagte ich knapp, umfasste ihre Hand und löste sie von meinem Bizeps. »Ich geh noch eine Weile trainieren.«

»Okay. Wirst du mich dann zu dir holen, falls Caleb mich nicht gehen lassen will?«

Was zur Hölle ...?! Ich nickte gezwungen und verließ schleunigst die Suite. Mir war ja klar, dass mein Antrag an sie überraschend kam und ich nicht mit einem ›Ja‹ hätte rechnen dürfen. Aber musste sie das gleich so verdammt komisch werden lassen?

CALEB

»Hey«, sagte Jade lächelnd und umwickelte ihren Körper mit einem Handtuch, als ich aus der Dusche trat. Sie sah wunderschön aus. Frisch geduscht, die Wangen aber noch immer vom Sex gerötet.

»Hi«, entgegnete ich zärtlich und drückte ihr einen Kuss auf die vollen Lippen. »Ich liebe dich, Jade.«

Sie erstarrte.

»Was?«, fragte ich.

»Du hast das … zuletzt …«

»In der Bahn gesagt, mag sein. Und?«

»Ich wusste nicht …«

»Ach, komm schon, du hast uns doch im Hotelflur belauscht, oder nicht? Ich bin ein masochistischer Scheißkerl, der so tief für dich empfindet, dass ich am liebsten deine Gedanken aus dem Kopf saugen würde, um dich noch besser zu verstehen.«

Sie blickte mich groß an.

Ich lächelte, legte meine Hände an ihren Hals und küsste sie noch einmal. »Ich liebe dich. Ich würde sogar nach Tibet mit euch gehen, um dich zu heiraten. Ist mir alles recht, solange wir zusammen sind.«

»Caleb«, sagte sie zögernd, »du bist gerade extrem …«

Ich lachte. »Ja?«

»Soft?«

»Du weißt doch. Tagsüber der Killer, abends der Romantiker.«

»Du bist aber nicht Landon und spielst mir etwas vor, oder?«

»Zweifelst du?«, fragte ich nachdenklich.

»Nein, nur ...«

»Soll ich dich lieber wieder hart gegen die Wand ficken?«, fragte ich mit einem Schmunzeln.

Jade lächelte verwegen. »Ich liebe ...«

Komm schon.

»Ich liebe das, ja.« Sie lief rot an, was mir sehr gefiel.

»Bestellst du uns etwas beim Zimmerservice?«, fragte ich. »Ich ziehe mich an.«

»Und ich soll mich nicht anziehen, oder wie?«

Ich gab ihr einen Klaps auf den Hintern. »Natürlich nicht.«

Sie lachte und versuchte, meine Hand zu erwischen, um zurückzuschlagen, was sie natürlich nicht schaffte. Wir kabbelten uns wie zwei verliebte Teenies, bis sie einen Satz zur Tür machte und sich dort noch einmal umdrehte. »Ich liebe dich auch.«

Mein Herz pumpte härter.

»Aber ich bin einfach mehr so wie dein Bruder. Egoistisch ... verschwenderisch ...«

»Lügnerisch, wenn es sein muss.«

Sie senkte die Lider. »Ja, genau.«

»Ich weiß.«

»Du kannst das aber auch gut.«

»Was genau?«

»Das Lügen. Du bist ein richtiger Profi.«

»Natürlich bin ich das. Ich habe die letzten zwei Jahre überlebt.«

»Hm.«

»Ich will dich beschützen können, Jade. Und dafür ist es wichtig, dass du ehrlich bist.«

»Ich weiß.«

»Vertrau mir, bitte. Nur dann kann ich alles für dich tun.«

Sie lehnte ihren Kopf an den Türrahmen und lächelte mich verträumt an. »Ich vertraue dir, Gil-Boy. Vertraust du auch mir?«

Ich lächelte zurück. »Ich bin nicht Gil. Und ja, ich werde es versuchen.«

Sie warf mir eine Kusshand zu und verschwand nach draußen. Erst als sie weg war, wagte ich es, wieder zu atmen.

Fuck. Ihre Liebeserklärung bedeutete mir mehr, als ich vor mir selbst zugeben wollte. Wenn sie mich wirklich liebte – und damit *uns* liebte, denn sie hatte es auch schon Landon gestanden – fehlte nicht mehr viel für das endgültige Versprechen. Landon war wie immer zu voreilig gewesen. Wenn er etwas haben wollte, dann gab es nur ein Jetzt und Sofort.

Aber ich wusste, dass Jade von unserem Antrag überrumpelt worden war. Wer konnte schon wissen, ob das zwischen uns für die nächsten Jahre oder Jahrzehnte hielt? Wenigstens Monate?

Keiner. Aber da man das eh nie vorhersehen konnte, hatten wir auch nichts zu verlieren.

Ich entschied mich widerwillig für eine Rasur, damit das Hotel keinen Verdacht schöpfte, wenn es eine rasierte und eine unrasierte Version von uns gab. Jedenfalls glaubten wir, bisher nicht zusammen von einer der Überwachungskameras eingefangen worden zu sein, und es gab da noch ein paar interessante Tricks, die sich in einem Casino als Zwillinge durchführen ließen ...

Auch wenn ich derart glatt rasiert wie mein vermaledeiter Bruder aussah und nicht mehr wie ich selbst. Ich schwor mir, dass es eine Zeit geben würde, in der wir nicht mehr darauf achten mussten, wer wie aussah und wer wem ähnelte, sondern einfach nur zusammen waren, jeder auf seine eigenwillige Art.

Ich kramte in Landons und meinen Sachen nach einer Jogginghose und blieb oberkörperfrei, als ich in den Wohnraum trat.

Der Zimmerservice hatte bereits den Speisewagen hereingebracht und das Essen auf dem Esstisch dekoriert. Für zwei Personen natürlich.

»Hast du genug bestellt?«, fragte ich Jade.

»Ich esse nichts.« Landon spazierte zur Tür herein und geradewegs in das zweite Schlafzimmer.

»Bist du krank?«, fragte ich.

»Nein, ich esse nur manchmal nach dem Training nichts. Jade?«

»Hm?« Sie hatte gerade die Fernsehsenderliste studiert.

»Kommst du?« Landon klang fordernd.

»Was?«, fragte Jade verwirrt.

Mein Bruder verdrehte die Augen und verschwand erst im zweiten Schlafzimmer und dann vermutlich im Bad.

Jade blickte mich verständnislos an.

Ich zuckte die Achseln. »Geh zu ihm. Ich esse allein und genieße die Ruhe.«

»Aber ich habe auch Hunger?«

Ich rupfte eine Weintraube vom Stiel ab und warf sie ihr zu.

Sie fing sie abfällig dreinschauend auf. »Das soll mir wohl reichen, was?«

»Er ist vielleicht verletzt. Macht dir einen Antrag und du gehst lieber mit mir duschen, als ihm dein Jawort zu geben.«

»Weil es Quatsch ist! Wir können nicht heiraten.«

Ich nickte. »Aber ihm ist es wichtig. Er hat das erste Mal davon angefangen, als wir ins FBI-Gebäude eingedrungen sind und wirklich keine Zeit für diesen Bullshit war.«

»Ehrlich?« Ihr Blick huschte zu der Tür, hinter der Landon verschwunden war. »Ich dachte, gerade er wird doch niemals heiraten wollen.«

»Wie kommst du darauf?« Ich ließ mich am Esstisch nieder und hob die Servierhaube an. »Landon hat sich immer eine Familie gewünscht.«

»Hm.« Jade stand auf, in Gedanken versunken. »Ob er mich verstehen wird, wenn ich mit ihm rede?«

»Soll ich etwa mitkommen?«, fragte ich grinsend und schob mir eine Salzkartoffel in den Mund.

Sie warf mir die Weintraube zurück an den Kopf und ich fing sie gerade rechtzeitig auf, bevor sie meine Stirn traf. »Blödmann. Nein, ich schaffe es, allein mit ihm zu sprechen. Kommst du später dazu?«

»Klar. Nachdem ich diese Suite in allen ihren Vorzügen ausgekostet habe.«

Jade lachte wieder. »Dafür bin ich viel zu müde. Gute Nacht.«

»Nacht, Prinzessin.«

JADE

Ich liebkoste Landons Brust, widmete mich ganz seinen Brustwarzen und der köstlichen Haut, die sich über seinen Oberkörper spannte. Er streichelte meine nassen Haare, während ich immer tiefer in die Hocke ging und schließlich meine Lippen um seine Spitze schloss.

Zärtlich umspielte ich seinen Schwanz und war froh, dass er meinen Kopf dabei dirigierte. Eine wunderschöne Müdigkeit beschlich mich, und als er in mir kam, sank ich glücklich auf den Boden und lehnte mich mit geschlossenen Lidern gegen die Wand, während sein Samen aus meinem Mund und über meinen Körper Richtung Abfluss gespült wurde.

Als ich die Augen wieder aufschlug, hockte Landon vor mir und strich nachdenklich eine Strähne aus meinem Gesicht.

»Hast du mit ihm gesprochen?«

»Worüber?«, fragte ich kraftlos.

Landon schüttelte verständnislos den Kopf. »War das eine Art Bestechung? Du bläst mir einen, damit ich mit ihm rede und du dem Gespräch entgehst?«

»Hä?«

Er wurde misstrauisch. »Okay, du gehörst ins Bett.«

»Ja, bitte ... aber ich muss eigentlich noch mit dir sprechen.«

»Worüber?«

»Über ...« Mein Kopf sackte auf meine linke Schulter und meine Augenlider fielen wieder zu.

Landon brummte etwas und klang dabei deutlich unzufriedener, als er es nach diesem Blowjob sein dürfte. Aber ich merkte, dass ich nun endgültig zu erschöpft war, um darüber nachzudenken.

»Ich wollte nur ...«, begann ich ein letztes Mal kraftlos, nachdem er mich abgetrocknet und ins Bett manövriert hatte, »... sagen, dass ...«

»Wir reden morgen darüber«, sagte er sanft und legte sich zu mir.

»Wartest du, bis ich eingeschlafen bin?«

»Ich bin genauso müde wie du.«

»Hmm ...«, seufzte ich. »Auch gut.«

»Jade?« Seine Lippen berührten mein Ohr.

»Ja?«, murmelte ich.

»Du würdest dich niemals für einen von uns entscheiden, oder?«

»Muss ich das etwa?«, fragte ich schlaftrunken und kuschelte mich unter der Decke an seinen warmen, gestählten Körper.

»Nein«, raunte er. »Niemals.«

CALEB

Flackerndes Licht. Sirenen. Schüsse. Eine Verfolgungsjagd. Meine Waffe, wie sie immer wieder feuerte. Auf Menschen, auf Leichen, auf Feinde, die nicht meine waren.

Und es dennoch wurden.

Ich schreckte hoch, Schweiß auf meiner Stirn. Der unwillkürliche Griff nach rechts auf der Suche nach meiner Waffe, die ich nicht mehr wie früher immer bei mir trug.

Ich versuchte, klar zu werden und den Umriss vor mir zu erkennen.

Jade.

Still und unbeweglich saß sie auf dem Couchtisch und schirmte mich vom Fernseher ab, auf dem ein Action-Streifen lief. Wann hatte ich zuletzt Fernsehen geschaut? Jedenfalls schien es mich noch immer so sehr zu langweilen, dass ich eingeschlafen war.

»Du hast schlecht geträumt.« Sie klang verändert. Rauer. Unwirklich.

Ich massierte mit den Handinnenflächen meine Schläfen und setzte mich gerade hin.

»Komm, lass uns ins Bett gehen.« Sie griff nach der

Fernbedienung und schaltete den Fernseher aus. Dann hielt sie mir die Hand hin.

Ich legte meine hinein, noch immer nicht ganz wach, und ließ mich von ihr ins Schlafzimmer ziehen.

Das Bett war leer.

»Wo ist Lan?«, fragte ich müde.

»Er schläft drüben.«

»Warum?«

»Ich will mit dir alleine sein.« Sie schloss die Tür hinter uns und schaltete erst danach die Nachttischlampe an, sodass für einen Moment Dunkelheit herrschte.

Irgendetwas stimmt nicht.

»Warum willst du mit mir alleine sein?«

»Das, was ich vorhin zu dir im Bad gesagt habe ...« Sie setzte sich aufs Bett und streifte die Träger ihres Tops ab, was sie verführerisch aussehen ließ, mich aber nicht erregte. *Irgendetwas stimmt nicht.*

»Was war damit?«, fragte ich ungeduldig.

»Ich hätte es dir viel früher sagen müssen.«

»Komm schon, Jade. Ich bin todmüde. Geht es deutlicher?«

»Ich liebe dich und nicht ihn.«

Das saß. »Wie bitte?«, fragte ich leise und war augenblicklich hellwach.

»Ich liebe dich. Nicht Landon.«

Ich rieb mir mit beiden Händen übers Gesicht, um den letzten Schlaf daraus zu vertreiben, dann fasste ich Jade genauer ins Auge. »Du liebst mich.«

»Nicht Landon. Wenn überhaupt, würde ich dich heiraten wollen. Nicht ihn.«

»Scheiße.« Das war nicht zu fassen. Sagte sie das gerade wirklich? Wurde einer meiner schlimmsten Albträume wahr?

»Dir geht es doch genauso, oder?«

»Wie bitte?«

»Du liebst mich und willst mich für dich haben. Eigentlich willst du mich gar nicht teilen.«

»Wie kommst du auf ...«, diesen Bullshit. *Durchatmen.* »Wie kommst du darauf?«, fragte ich möglichst zugänglich und ging auf sie zu. Auch wenn ich sie lieber zu Landon geschickt hätte. Dass sie zu mir kam und nicht den Mumm hatte, vor ihm dazu zu stehen, schockierte mich. Warum glaubte sie, nicht mit uns gemeinsam offen darüber sprechen zu können?

Misstraut sie uns so sehr?

Nicht sicher, wie ich mich verhalten sollte, und ob es überhaupt eine gute Idee war, verständnisvoll zu sein, setzte ich mich auf die rechte Bettseite. Sie legte sich sofort zu mir, schmiegte sich an mich, sodass ich mehr oder weniger gezwungen war, mich ebenfalls ganz auszustrecken.

Nachdenklich ließ ich meine Hand durch ihr dunkles Haar gleiten.

»Habe ich mich getäuscht?«, flüsterte sie. »Du hättest mich lieber für dich, oder? Von Anfang an? Deswegen hast du ihm nicht gesagt, dass du mich getroffen hast, richtig? Du hast es bis zur Party vor ihm geheim gehalten, weil du dir gewünscht hast, du würdest mich ... und wir könnten ...«

Was brachte es, sie anzulügen? »Nein«, gab ich zu. »Nein, es ist nicht so, wie du denkst.«

»Das glaube ich nicht!« Tränen entstanden in ihren Augen. »Du liebst mich mehr, als er es tut! Und ich stehe über ihm! Du würdest eher mich retten als deinen Bruder! Bei Landon ist es genau andersherum!«

»Ich werde euch immer *beide* retten.«

»Aber wenn es nicht geht!?«

»Dann werde lieber *ich* sterben.«

»Aber wenn ...!«

»Lieber sterbe ich als einer von euch.«

»Aber wenn du dich entscheiden müsstest ...!«

»Das musste ich noch nicht«, unterbrach ich sie hart.

Sie drückte sich von mir weg, aber ich hielt sie fest.

»Du willst es nur nicht zugeben«, wisperte sie.

»Was zur Hölle sollte ich zugeben wollen?«

»Dass du dich für mich entscheiden würdest. Du willst deinen Bruder nicht verletzen, aber wir können das nicht für immer so fortführen! Diese Dreiergeschichte funktioniert auf Dauer nicht! Ich versuche es ja, aber es geht nicht! Ich will immer, dass du es bist. Am liebsten hätte ich nur dich um mich. Heute das Spiel ... das war nur dazu da, um herauszufinden, ob ich Landon auch so lieben könnte wie dich. Aber es war nicht so ... immer, wenn ich nicht wusste, wer gerade wer ist, hätte ich heulen können.«

»Jade, hast du was genommen?«

»Was? Nein!«

»Warum redest du dann so einen verdammten Bullshit?«

»Ich liebe dich!«, schrie sie jetzt. »Tut mir leid, wenn das die Wahrheit ist!«

»Aber seit wann liebst du nur mich, verdammt?!«

»Schon immer! Landon ist ein kranker Idiot, mit dem der Sex heiß ist, aber mehr auch nicht! Mit dir möchte ich zusammen sein! Für immer! Und ewig!«

Verfluchte Scheiße. Jetzt konnte ich sie nicht mehr festhalten. Tief durchatmend drehte ich mich auf den Rücken. »Okay, wir müssen es ihm sagen.«

»Was?!«

»Natürlich. Wir gehen zu ihm hin und sagen es ihm. Sofort.«

»Warum willst du das tun?«, fragte sie panisch.

»Ich kann nicht einen Moment länger mit so einer verfickten Lüge leben. Dass du es echt fertiggebracht hast, ihn über Wochen hinweg zu täuschen ...«

»Wochen? Es waren nur Tage! Ich brauchte Zeit, um mir über alles klar zu werden.«

Das klang logisch. Dennoch starrte ich fassungslos an die schwach erleuchtete Decke. Was zur Hölle sollte ich jetzt tun? »Wir können mit ihm reden«, versuchte ich es noch einmal. »Wenn dich etwas an ihm stört, wird er sich versuchen zu ändern. Er musste es bisher nur nie. Es gab niemals einen Menschen in seinem Leben, der ihm wichtig war.«

»Außer dich.«

»Ich liebe ihn, selbst wenn er der allerletzte Penner auf dieser Welt ist und Schafskot frisst. Mann, Jade, was willst du von mir hören? Hey, klar, lass uns durchbrennen? Wir haben Las Vegas vor der Zimmertür, wir stechen uns sofort ein Tattoo und stecken uns Ringe an? Das willst du von mir hören?«

Sie machte ein Gesicht, als wollte sie das tatsächlich.

Wieder rieb ich mir über die Augen. »Du hast mich völlig falsch eingeschätzt.«

»Aber du bist anders! Du bist nicht wie er, er würde *dich* immer über *mich* stellen.«

»Das hat er dir vielleicht gesagt, weil er Angst davor hat, dass du jemals erfährst, wie viel du ihm bedeutest.«

»Was bist du? Sein Psychologe?«

Ich griff nach ihrem Oberarm und zog sie an mich. »Ich bin sein verdammter Bruder«, knurrte ich. »Und auch wenn du es dir wünschst, ich habe nicht eine Sekunde darüber nachgedacht, wie es mit dir alleine wäre. Denn ich bin selbstlos, so was steckt überhaupt nicht in mir.«

Sie wurde sanft und lächelte mich liebevoll an. »Deswegen ja. Lass es zu, dass ich dich liebe. Lass einmal zu, dass es jemanden gibt, der sich ganz für dich allein entscheidet. Nur für dich.«

Ich könnte sie zusammenschlagen, so verdammt wahnsinnig machte sie mich.

»Schlaf mit mir«, forderte sie und rückte wieder heran. »Lass mich dir zeigen, was ich meine.«

Echt jetzt?

»Bitte ...« Sie glitt mit ihrer Hand unter die Decke hin zu meinen Perlen und streichelte sie zärtlich.

Der Wunsch, sie von mir zu stoßen, wurde übermächtig. *Etwas stimmt nicht!*

Nur hatte ich ein anderes Problem. Dass mir nicht gefiel, was sie sagte und was sie plötzlich zu empfinden glaubte, änderte nichts daran, dass es ihr schlecht ging.

Dass sie sich offenbar zu etwas zwang, was sie nicht wollte.

Auch wenn ich ihr am liebsten meine eigene Meinung ins Gehirn geprügelt hätte, musste ich ihre akzeptieren.

Und dies bedeutete nun mal, dass sie sich nur in einen von uns verliebt hatte. Keine Ahnung, wie es wäre, wenn es Landon wäre. Vermutlich könnte ich dann besser damit leben, auch wenn Landon daran verzweifeln würde.

Scheiße.

Da hatten wir den Salat der ungnädigen Monogamie.

Wir würden heiraten können – aber eben nur zu zweit.

Was sollte ich jetzt tun? Mich verführen lassen? Mich dem Schicksal hingeben? Wie würde Landon sich entscheiden, wenn ich ihn fragte?

Ich wusste es.

Er würde lachen, mir auf die Schulter klopfen, so tun, als würde seine Existenz nicht auseinanderfallen, und mit mir zurück nach LA oder in eine andere warme Gegend fahren. So tun, als könnten wir ein neues Leben beginnen – ohne Jade.

Na gut, er würde versuchen, um sie zu kämpfen. Aber was, wenn er es nicht schaffte? Wenn *sie* nun mal nicht dazu geschaffen war, sich teilen zu lassen?

Wenn nur wir, die Zwillinge, die seit jeher ihre Identität getauscht hatten, die totalen Freaks, das unbeständige Duo, so krank waren, dass wir keine Eifersucht empfanden?

Dass wir teilen konnten?

Dass das ging?

»Du erzählst es ihm doch nicht, oder?« Jade flüsterte. »Oder doch?«

»Ich soll ihn anlügen?«

»Nein. Nein, vielleicht redest du morgen mit ihm. Vielleicht ist es besser, wenn du es ihm sagst.«

Feiges Mädchen.

»Du denkst bestimmt, ich sei feige, aber ich will ihn einfach nicht verletzen. Wenn du sagst, ich muss es selbst tun ... dann brauche ich einfach noch Zeit.«

»Ich werde darüber nachdenken.«

»Danke.« Jade begann, mich mit ihren Lippen zu bearbeiten, küsste meine Brust, glitt tiefer.

Als sie meinen Schwanz umschloss, hinderte ich sie nicht daran.

Der Blowjob würde mich für ein paar Minuten vom Nachdenken abhalten und danach könnte ich endlich schlafen.

Morgen war auch noch ein Tag.

Auch wenn sich gerade alles verändert hatte.

JADE

»Guten Morgen!«, zwitscherte ich und ließ mich vor den Brüdern auf den dritten Stuhl am Tisch fallen. »Wer hat das Frühstück organisiert? Habe ich echt so lange geschlafen? Wie lange seid ihr schon auf? Warum seht ihr mich so an, als hättet ihr eine Qualle verschluckt?«

Sie blickten ernst zurück. Nicht einmal ein Mundwinkel zuckte.

»Hallo?!«, fragte ich fassungslos und winkte vor ihren Gesichtern herum. »Ist meine Mutter doch wieder auferstanden? Was zur Hölle ist passiert?«

»Nichts«, sagte Caleb und schmierte sich eine Scheibe Toast. Das Messer in seiner Hand sah gefährlich aus. Als würde er es jederzeit in etwas Weiches hineinrammen wollen. Und zwar nicht ins Konfitürenglas.

»Landon?«, fragte ich hilflos. »Ich war doch nur kurz zur Toilette! Habt ihr euch in der Zwischenzeit überlegt, dass ihr Las Vegas lieber für eine neue Brautschau nutzen wollt? Oder was?«

Caleb ließ das Messer geräuschvoll fallen und warf mir einen regelrechten Killerblick zu. »Nein«, knurrte er.

»Okay, was dann?«

»Ich bin aufgewacht und du lagst in Landons Bett.« Etwas an der Art, wie er das sagte, sollte mir vermutlich einen Hinweis geben, aber ich schnallte ihn überhaupt nicht.

»Na ... und?«, fragte ich verstört. »Du hättest ja einfach dazukommen können?«

»Ja«, sagte Landon grimmig. »Warum bist du es nicht?«

Caleb drehte sich zu Landon. »Sag mal, scheißt du mich gerade an?«

»Nein. Schon gut.«

Ich beobachtete die Zwillinge fassungslos. »Tut euch euer Schwanz weh?«, fragte ich leise. »War es zu heftig?«

Ihre Köpfe ruckten in meine Richtung. »He?«, machten beide.

»Na, ihr seht so aus, als würde euch ganz gewaltig etwas quälen. Und wenn es keine Qualle ist, dann vielleicht ein Penisbruch?«

»Okay, ich scheiß aufs Frühstück.« Caleb stand auf und Landon machte nicht einmal einen Witz, obwohl diese Situation urkomisch war.

Ein Kloß entstand in meinem Hals, weil ich das Gefühl hatte, etwas Falsches getan zu haben, und nicht im Entferntesten wusste, was das gewesen sein sollte.

Stumm blieb ich auf meinem Stuhl sitzen und bestrich so unauffällig wie möglich meinen Toast.

»Wo willst du jetzt hin?«, fragte Landon Caleb.

»Keine Ahnung. Spazieren gehen.«

Landon stand ebenfalls auf. »Ich komme mit.«

Ich hob irritiert die Hände. *Was soll das jetzt alles?*

»Ich rede mit ihm, das wolltest du doch«, murmelte er und nahm sich zwei Äpfel vom Obstteller.

»Worüber zur Hölle wollt ihr reden?«, fragte ich.

Doch er folgte seinem Bruder hinaus und urplötzlich war ich alleine.

Okay. Klar. So habe ich mir das vorgestellt.

Seufzend lehnte ich mich auf dem Stuhl zurück und legte den Kopf in den Nacken. Wieso hatte dieser Morgen nicht so perfekt gestartet, wie die gestrige Nacht geendet hatte? Ich hätte nichts dagegen gehabt, wenn ich während meines Kaffees von den beiden ›umsorgt‹ worden wäre ... Hmm ... Ich stellte mir vor, wie sie es taten, wie erst Landon, dann Caleb zwischen meinen Beinen versank und mich einer nach dem anderen zum Höhepunkt fickte – mit seinem Mund.

Leider kamen sie auch nach fünf Minuten nicht zurück und an meiner Lust änderte sich daher gar nichts. Ungeduldig kniff ich die Beine zusammen, trank meinen Kaffee aus und beschloss, ihnen nachzugehen.

Doch bevor ich gedankenverloren aufstand, hielt ich inne.

Jemand oder etwas war mit im Zimmer. Eine Bewegung, ein Schattenspiel am Boden.

Täuschte ich mich?

Es klopfte an der Tür.

»House Keeping!«

Na, großartig.

Ich stand auf, zog zügig meinen Bademantel zurecht und wartete, bis die Reinigungskräfte eingetreten waren.

»Oh, entschuldigen Sie, Miss«, sagte die Putzfrau und wich zurück. »Ich wollte Sie nicht ...«

»Nein, kommen Sie herein. Ich wollte eh gerade gehen.«

Kaum war ich in den Flur getreten, kam mir ein schick gekleideter Herr entgegen. Er trug eine Schachtel in den Händen, die er zügig hinter seinem Rücken verbarg.

»Ist Mr. Mulvaney anwesend, Miss?«

»Sind das die Ringe? Ich nehme sie entgegen.«

»Sie wissen Bescheid?«

»Ich habe kombiniert. Buchen Sie die Rechnung aufs Zimmer?«

»Selbstverständlich, Miss.«

Er zog wieder von dannen, nachdem er sich vergewissert hatte, dass ich mit den Ringen zufrieden war.

Seufzend ging ich wieder zurück. Es war sowieso keine gute Idee, den Brüdern in einem Bademantel zu folgen.

Während die Putzkraft damit beschäftigt war, die Betten zurechtzumachen, betrachtete ich die Ringe genauer. Meiner passte mir wie angegossen, und nachdem ich ihn anprobiert hatte, legte ich ihn zurück.

Wenn die Männer sich nun jeden zweiten Tag wie zwei Hohlbirnen verhielten, wollte ich nicht einmal so tun, als wären wir verheiratet.

Landon hatte sein Handy im Zimmer gelassen, und da er noch immer unser Geburtsdatum als PIN-Code hatte, konnte ich damit die Zeit überbrücken. Nach einer geschlagenen halben Stunde war die Putzfrau wieder weg, die Männer aber noch immer nicht da.

Blöd.

Was mache ich jetzt?

Ich griff blindlings zum Couchtisch und vermutete, dort würde die Fernbedienung liegen. Fehlanzeige. Dennoch wurde plötzlich Musik abgespielt.

Hektisch setzte ich mich auf, weil ich glaubte, auf ihr zu liegen. Die Musik wurde immer lauter.

Ich stöhnte und ging zur Anlage, um sie auszuschalten.

»Das würde ich nicht tun.«

Vermutlich war ich noch niemals in meinem Leben dermaßen heftig zusammengezuckt. Eine weibliche Hand legte sich auf meine und ich hob rasend schnell den Kopf.

»Hallo, Jade«, sagte eine maskierte Frau, deren Stimme und Gestalt mir so bekannt vorkamen, als würde ich mir selbst begegnen. Sie drückte mir eine silbern schimmernde Pistole in die Leiste. »Hast du dich auch gefragt, wann wir uns endlich kennenlernen?«

CALEB

Wir liefen den gesamten Boulevard runter, ohne ein einziges Wort zu sagen. Bevor wir den Strip mit all seinen schillernden Hotels und vorfahrenden Limousinen erreichten und von irgendwelchen Idioten, die den Touristen Shows verkaufen wollten, angelabert wurden, machten wir kehrt.

Gleichzeitig.

»Wir denken einfach exakt wie der andere.«

»Stimmt«, brummte ich.

»Ich muss mit dir reden.«

»Ich auch mit dir.«

»Hat offenbar was mit Jade zu tun, sonst würden wir nicht so rumdrucksen, oder? Hast du 'ne Kippe?«

Ich griff in meine Hosentasche und zog meine Schachtel Zigaretten hervor. Wir zündeten uns jeweils eine an und gingen schweigend weiter.

Unter einer besonders breit geratenen Palme stoppte Landon und drehte sich zu mir herum. »Okay, fuck. Weißt du, ich liebe diese Frau, keine Frage, aber ich kann dich nicht anlügen. Ich kann nicht tun, was sie von mir verlangt, oder das für sie regeln, weil sie Schiss hat. Sie kann ja die ganze Welt bescheißen, aber zu dir sollte sie langsam offen sein, oder?«

»Was zur Hölle faselst du da?«

»Ich hab eine Frage, bevor ich weiterrede.« Landon zog an seiner Zigarette und ließ den Rauch zwischen uns entstehen. »Warum kannst du ihr nicht einfach verzeihen? Warum bist du ständig wütend auf sie? Ist dir nicht klar, dass sie Angst vor dir hat? Eigentlich bist du selbst an der ganzen Scheiße schuld. Dass sie lieber zu mir kommt und mich vollheult, statt es dir zu sagen.«

»Wovon. Zur Hölle. Redest du«, knurrte ich. *Das passt doch nicht zusammen.*

Landon hob abfällig eine Braue und warf die Zigarette von sich. »Vergiss es. Mit dir kann man nicht reden.«

Er wollte weitergehen, aber ich riss ihn derart brutal zurück, dass er herumfuhr und blitzschnell mein Handgelenk umschloss.

»Du kannst mich dann loslassen«, informierte ich ihn.

»Wohl kaum«, zischte er. »Du machst mich wahnsinnig mit deiner ständigen schlechten Scheißlaune. Du denkst, ich hätte den Mafiakram nicht so gut verkraftet wie du? Du hast dich noch nie im Spiegel angesehen! Du bist das letzte emotionale Wrack, verfickte Scheiße! Deine ewig mies gelaunte Fresse hält doch keiner aus!«

Ich riss mich von ihm los. »Mir ging es bis gestern Abend gut. Bis sie zu mir kam.«

»Und?«

»Und was? Offenbar hat sie mit dir schon darüber geredet?«

»Ja? Und warum flippst du aus, wenn sie dich in ihre Pläne einweiht? Wir müssen nicht zurück nach New York. Wir können auch hierbleiben oder weiß der Geier wo. Ist dir das nicht klar?«

Ich verengte die Augen. »Letzter Versuch. Worüber hat sie mit dir gesprochen?«

»Fuck! Sie will nicht, dass ich es dir sage, klar, Mann?«

»Es hat etwas damit zu tun, dass sie dich nicht liebt, oder?«

In dieser einen Sekunde hätte ich liebend gerne mit meinem Bruder die Rollen getauscht. So wie wir es sonst taten. Wie wir es immer getan hatten, wenn es nötig gewesen war. Jetzt gerade hätte ich zu gerne den Schmerz abgefangen, den er empfand.

Ich wäre zu ihm geworden, er wäre zu mir geworden und munter hätten wir über das Ende unserer Beziehung mit Jade Carpenter gelacht.

Aber ich war nicht er. Er war nicht ich.

Wir konnten nicht tauschen.

»*Womit* soll es etwas zu tun haben?«, fragte er trocken.

Ich seufzte und drückte die Kippe im nächsten Mülleimer aus. »Sie kam gestern Nacht zu mir und hat mir gestanden, dass sie ...« Nee, echt. Ich konnte es nicht wiederholen.

»Sie war die ganze Nacht bei mir«, sagte mein Bruder tonlos.

»Wohl nicht.«

»Sie war die ganze Nacht bei mir«, wiederholte er stur.

»Wohl kaum!«, brüllte ich und schien ihn dennoch nicht zu erreichen.

»Sie ist aufgestanden, zu dir gegangen, hat mit dir ... gesprochen und ist dann ...«

»Wieder zu dir, Lan.«

»Und sie hat ...«

»Ziemliche Scheiße geredet.«

»Sie hat gesagt, sie liebt dich? Nicht uns?«, reimte er sich zusammen.

»Ja, so ungefähr.«

»Stand sie unter Drogen?«

»Ich fürchte nicht. Worüber hat sie mit dir gesprochen? Wirst du es mir jetzt sagen?«

Landon nickte fahrig. Sein Herz war eventuell gerade zersprungen, aber vielleicht steckte er das alles auch besser weg, als ich glaubte. »Sie will nicht zurück nach New York«, erklärte er kraftlos. »Sie wollte, dass ich dich davon überzeuge, dass wir – oder nach neuem Erkenntnisstand wohl eher: dass sie und du erst mal nicht zurückkehren. Sie hatte Angst, es dir zu sagen, weil du dann in ihren Gründen herumbohrst und ... ist mir auch scheißegal.«

»Sie hat mit dir darüber gesprochen, dass sie mit mir alleine ...?«

»Eben nicht!«, rief er wütend. »Sie hat kein Sterbenswort gesagt! Für mich klang es so, als wollte sie, dass wir zu dritt ...« Ein Blick von ihm in meine Augen genügte. »Wohl doch nicht.«

Ich wusste nicht, was ich sagen sollte.

Landon blinzelte Richtung Sonne. »So schnell kann es gehen. Wäre auch zu spaßig geworden. Was hat sie genau gesagt?«

»Sie glaubt, ich würde sie mehr lieben, als du sie liebst.«

»Was?«, fragte er verwundert.

»Aber das scheint nicht der Grund zu sein.«

»Was ist der Grund?«

»Sie hat keinen genannt.«

»Aber der Sex gestern? Fuck, sie hat mir in der Dusche noch einen geblasen und das war sicher nicht meine Idee! Sie fing an, mich zu küssen und ... Warum sollte sie das tun? Ich bin nicht wie du und zwinge ihr irgendetwas auf, jedenfalls nicht *nach* dem Sex.«

»Ich weiß es nicht.«

»Ich liebe sie, fuck.« Landon griff sich in die Haare und blieb für eine Weile mit ausgestreckten Ellenbogen mitten auf dem Gehweg stehen. »Bro, weißt du, wie ich mich gerade fühle?«

Ich konnte es mir vorstellen. Ich konnte *mit*empfinden, denn er war meine gespiegelte Existenz. Und das, was sich in meiner Brust als Schmerz auftat, war nur ein schwaches Echo von dem, was sich in seinem Innern abspielen musste.

»Ich habe noch nie eine Frau überhaupt so wahrgenommen wie sie«, sagte er. »Wenn die Schlampe auch nur einen einzigen Pickel hatte, war mir das schon zuwider. Ich habe am liebsten Plastik gefickt und nicht einmal daran gedacht, jemanden an mich heranzulassen, und sie? An Jade stört es mich nicht mal, wenn sie sich nicht jeden zweiten Tag die Beine rasiert! Fuck, das ist mir so egal wie ein riesiger Eiter-«

»Schon gut, mein Kopfkino funktioniert einmalig.«

»Wir haben sie gestern möglicherweise *geschwängert*«, murmelte er. »Wir haben es ohne Kondom mit ihr getan. Wenn sie das wirklich nicht wollte ... Wenn sie schon länger so denkt, dann habe ich sie, verdammte Scheiße, gestern gegen ihren Willen ...«

»Es hat ihr gefallen. Mit dem Sex hat sie kein Problem. Nur ...«

»Heiraten und zusammen sein und so tun, als könnte das zu dritt funktionieren ...«

»Richtig. Darum geht es ihr.«

Landon biss sich auf die Unterlippe und ließ seine Arme wieder sinken. »Gut, ich verkrafte das schon irgendwann.«

»Wie sieht dein Plan also aus?«

»Na ja ... ich sage ihr, dass es in Ordnung ist, und komme mit euch, solange bis ich was Eigenes gefunden habe. Ich suche mir in LA ein Apartment in eurer Nähe. So können wir uns sehen.«

Ich lachte trocken. »Ist das ein ernst gemeinter Vorschlag?«

Landon suchte meinen Blick. »Ist er nicht gut?«

»Er ist nicht unbedingt typisch für einen Mulvaney oder unseren Jack-Boy ...«

Mein Bruder lachte ebenfalls. »Ich liebe sie unendlich. Wenn sie nur mit dir glücklich werden kann, dann ist das so. Du hast es verdient. Du hast eine Frau wie sie verdient und sie hat ihr Glück ... ich will nicht sagen, verdient, aber ich könnte sie niemals zurücklassen, wenn es in meiner Macht steht, sie glücklich zu sehen.«

Mein Hals verengte sich. Ich hatte ganz vergessen, wie bescheuert mein Bruder sein konnte. Es wäre nötig gewesen, dass ich ihm etwas antwortete, aber meine Stimmbänder wurden erdrückt, und wenn ich nicht aufpasste, heulte ich demnächst los.

»Überrascht dich das so sehr?«, fragte Landon verwundert.

Ich nickte, ohne ihm in die Augen zu sehen, und holte zwei weitere Zigaretten hervor. Ich reichte ihm eine, aber er zündete sie nicht an.

Der Rauch löste die Verengung in meinem Hals nach einer Weile auf.

»Komm schon. Natürlich könnten wir beide zu dir werden«, sagte er, »aber was soll mir das bringen? Dann muss ich mein ganzes Leben lang so tun, als wäre ich so ein humorbefreiter, mies gelaunter Hannibal wie du? Nein ... ich bin erwachsen genug, um das nicht in Erwägung zu ziehen.«

»Du weißt, dass ich das könnte«, sagte ich leise und blickte den Boulevard hinunter. In der Ferne waberte die Hitze über dem Asphalt und die Leuchtreklamen wirkten wie blinkende Eintagsfliegen. »Ich könnte das wirklich.«

»Natürlich kannst du«, sagte Landon lächelnd und

schlug mir auf die Schulter. »Bro, ich gönne es dir. Wenn es euch beide glücklich macht, dann stehe ich euch nicht im Weg.«

Ich schüttelte den Kopf.

»Doch. Sei *einmal* in deinem beknackten Leben egoistisch. Denk mal nur an dich und dein ganz persönliches Glück. Ich komme schon klar. Solange ich der Onkel eurer Kinder sein darf.«

»Du verstehst es nicht, Alter!«, knurrte ich und schüttelte seine Hand von meiner Schulter ab. »Als ich sie kennengelernt habe in New York, da hätte ich nicht einmal daran gedacht, dass es so wird wie jetzt! Ich dachte, du siehst in ihr nur das Mittel zum Zweck, und ich hätte sie ohne schlechtes Gewissen gegen dich ausgespielt, um sie zu bekommen. Aber dann bist du mit deiner grimmigen Hackfresse –«

»Hey!«

»– in dieses verschissene Esszimmer auf Susans Party gelatscht und ich habe alles erkannt. Ich habe kapiert, dass sie dich wirklich mag und du Holzkopf wirklich etwas für sie empfindest, und in diesem Moment wurde mir klar, dass ich sie nicht mehr für mich alleine haben *will*.«

»Du solltest nicht so viel denken, Bro.«

»Es geht noch weiter«, brummte ich und aschte auf dem Gehweg ab. »Ich war mir *sicher*, dass Jade dich liebt. Ich habe es gesehen, ich habe es erfühlt und ich habe es *gewusst*. Bis zur gestrigen Nacht war es für mich glasklar. Und dann kommt sie zu mir und behauptet, alles soll eine Lüge gewesen sein? Was war dann noch gelogen? Und wann habe ich sie noch nicht richtig durchschaut? Ich habe mich maßlos überschätzt, als ich glaubte, sie verstehen zu können. Erst die Sache im Motel, dann das. Ich kann nicht mit einer Frau zusammen sein, die so wechselhaft ist, dass ich nicht einmal *schnalle*, wenn sie etwas tut, das gegen ihren Willen geht. Woher weißt du überhaupt, dass sie aufs Spanking steht? Zu dieser Beziehung gehört *Vertrauen* und exakt dieses Vertrauen ist gestern Nacht erloschen. Also ja, vor zwei Wochen hätte ich noch ein Haus gebaut und wäre mit ihr alleine hineingezogen, aber jetzt? No way. Mit so viel Schauspielerei kann ich nicht leben.«

»So ist sie eben«, verteidigte Landon sie, »sie ist wie ich, Mann. Das Schauspielern liegt ihr im Blut.«

»Dann hätte sie sich wohl in *dich* verlieben müssen«, knurrte ich und warf auch die zweite Kippe fort. »Aber ich will nach all den Jahren des Täuschens und Tricksens endlich ein Leben in Ehrlichkeit führen. In absolut gelebter Wahrheit.«

»Mit Jade Carpenter?«, fragte er skeptisch.

Ich hob eine Braue. »Mit euch.«

LANDON

Ich hatte cool getan, aber mein Bruder war ein mieser Lügner, wenn er behauptete, dass er mir das abnahm. Dass er mir die Show abnahm, die ich ihm geboten hatte.

›Der Onkel ihrer Kinder?‹

Hatte ich das wirklich gesagt?

Vermutlich glaubte der Teil in mir, der nicht gestorben war und damit auch nicht in die Hölle geblickt hatte, dass ich den Engel würde mimen können.

Aber weit gefehlt.

Wenn Jade Carpenter glaubte, mich wie einen Ast absägen zu können, der ihr in der Sonne stand, hatte sie den wahren Landon Mulvaney noch nicht kennengelernt.

Exakt dieser Landon Mulvaney, dem alles egal war – bis auf das Erreichen seines Ziels.

Ich lächelte meinen Bruder im Fahrstuhl an, während wir nach oben fuhren. Ich ließ ihn in dem Glauben, wir würden mit Jade in Ruhe über alles reden, aber ich würde sie nicht einmal reden lassen.

Mein Bruder ging vor mir und ich überprüfte ein letztes Mal seinen Gang. Seine Haltung. Seine Schrittfolge. Ich analysierte sein Profil, als er die Tür öffnete, studierte seinen Blick, die Bewegung seiner Lippen und folgte ihm als die perfekte Caleb-Kopie ins Zimmer.

Jade glaubte, Caleb zu lieben? Dann sollte sie erst einmal beweisen, dass sie ihn von mir unterscheiden konnte, die kleine Bitch.

»Jade?« Caleb rief nach ihr und durchsuchte die Zimmer. Aber im Gegensatz zu ihm fiel mir sofort auf, dass etwas nicht stimmte. Die Schachtel mit den Eheringen lag auf dem Couchtisch, die Fernbedienung am Boden.

Ich hatte lange genug beim FBI gearbeitet, um zu wissen, dass sie verschwunden war. Und allem Anschein nach nicht freiwillig.

»Sie ist nicht hier«, sagte Caleb, nachdem er die Suite abgesucht hatte.

Ich trat ans Fenster und überprüfte den Hotelparkplatz, ob unser BMW noch an derselben Stelle stand. Dabei fiel mir das Taxi auf, das gerade in die Einfahrt fuhr. »Sie kann nicht hier sein«, informierte ich meinen Bruder. »Denn sie steigt unten gerade aus einem Taxi.«

Ein flüchtiger Blick reichte und ich wusste, dass sie es war. Ich griff nach meiner Waffe und ging wieder zur Tür.

Mein Bruder stellte sich mir in den Weg. »Wir warten hier auf sie«, verlangte er. »Du willst ihr in der Lobby keine Szene machen.«

»Und wie ich das will«, knurrte ich.

»Sie ist eine Frau und wir haben nicht die besten Erfahrungen mit Frauen. Lass uns nicht unseren Verstand vergessen.«

»Leck mich mit deinem Verstand!«, rief ich. »Sie haut ab, obwohl ihr klar sein sollte, dass wir zurückkommen und sie suchen werden!«

»Wir haben sie alleine gelassen.«

»Du bist auf *ihrer* Seite?!«, fragte ich fassungslos.

Caleb schwieg, dann trat er zur Seite. *Gute Entscheidung.*

Ich stürmte an ihm vorbei und hätte beinahe die Eingangstür der Suite an den Kopf gekriegt.

»Hups«, sagte Jade matt und stolperte mir entgegen.

Ich hatte keine andere Wahl, als sie aufzufangen.

Staub und Dreck rieselten auf den Boden und sie roch nach Schweiß und Benzin. Ihre Haare waren zerzaust, ihre Augen gerötet. Sie sah aus, als wäre sie gerade aus der Wüste hierhermarschiert.

»Landon?«, fragte sie röchelnd.

Wie hat sie mich erkannt?

»Hast du Wasser?«

Zwei Gläser Wasser später war mein Geduldsfaden fast gerissen. Die einzige Kraft gab mir mein Bruder, der sich offenbar mit mir maß, wer länger durchhielt, ihr die Erklärungen nicht aus dem Leib zu pressen.

»Ich wurde entführt«, sagte Jade schließlich, die auf einem Stuhl zusammengesackt war. »Und offenbar wisst ihr, von wem, sonst würdet ihr nicht beide aussehen wie meine Mutter, wenn sie mich verhören will. Nicht ein bisschen Sorge.«

»Was genau ist passiert?«, fragte Caleb tonlos.

Sie richtete sich auf und stellte das Glas donnernd ab. »Sagt mal, wie sieht es für euch aus? Ich wäre beinahe gestorben, weil ihr Idioten mich alleine lasst, und dann komme ich zurück und ihr macht ein Gesicht, als wäre es euch lieber, ich wäre weggeblieben? Was zur Hölle ist eigentlich los?!«

Ich spürte, wie Caleb innerlich platzte, und daher entschied ich mich dazu, seinen gewohnten Part einzunehmen.

Die Hand in seine Richtung ausgestreckt, um ihn abzuhalten, auf Jade zuzugehen, näherte ich mich ihr und griff ihr an den Hals, wie Caleb es normalerweise tun würde. »Beantworte die Frage«, sagte ich dunkel.

»Würde ich ja gerne«, zischte sie, »wenn ich nicht das Gefühl hätte, euch wäre egal, ob ich lebe oder nicht.«

Ich schloss meine Hand fester um ihre sandige, warme Haut und sie schien unter meinem Blick und in meinem Griff zusammenzusinken.

»Heute Morgen muss sie hier eingedrungen sein«, wisperte sie.

»Sie?«

»Die *Frau*, die mich versucht hat zu entführen und verdursten zu lassen!«

»Geht es noch genauer?«, fragte ich ungeduldig.

Sie schnaubte und betrachtete ihre schmutzigen Fingernägel. »Nachdem die Putzfrau weg war, tauchte sie hier im Wohnzimmer auf. Schaltete die Musik an und bedrohte mich mit einer Waffe. Sie trug einen Schleier, also keine Ahnung, wer genau sie ist ... Sie schickte mich ins Schlafzimmer, zwang mich dazu, mich anzuziehen, und zeigte mir dann einen Fernauslöser für eine Bombe. Ich hab so ein verficktes Ding noch nie gesehen, also glaubte ich ihr, dass sie sie hochgehen lassen würde, wenn ich nicht auf sie hörte und unauffällig das Hotel verließ. Sie behauptete, die Bombe wäre in eurer Nähe deponiert, also ging ich nach draußen auf den Wagen zu, dessen Nummernschild sie mir genannt hatte. Dort lag ein Zettel. Ich sollte durch den Mittelsitz in den Kofferraum krabbeln. Ich war so dumm, das wirklich zu tun. Nach ein paar Minuten folgte sie, klappte den Mittelsitz zurück und sorgte dafür, dass ich ihn nicht mehr öffnen konnte.«

Ich ließ Jades Hals los und setzte mich vor sie.

»Okay«, fuhr sie fort, »also lag ich da total dämlich im Kofferraum und sie fuhr los. Wie ihr euch vielleicht denken könnt, wenn ihr mich ein bisschen kennt, fiel mir irgendwann auf, dass es mir nichts nützen würde, wenn ihr überlebt und ich sterbe oder ich sterbe und diese Irre die Bombe dennoch hochgehen lässt. Also schaltete ich auf Überlebensinstinkt, wartete, bis diese Frau hielt, sie den Kofferraum öffnete und mich wieder mit ihrer blöden Waffe bedrohte. Wir haben echt im Nirgendwo in der Wüste Nevadas gehalten. Ein Fels, davor ein unscheinbarer Schuppen, der was auch immer einmal war, ein ziemlich gutes Versteck. Sie schickte mich hinein und ich sollte mich an einen Haken am Boden fesseln. Dafür gab sie mir die Schlüssel.« Jade lächelte verwegen. »Ich löste die Handschellen, tat so, als würde ich sie wieder verschließen, und sie kam näher, um das Ganze zu überprüfen. In dem Moment trat ich ihr die Waffe aus der Hand, fesselte sie, indem ich ihr die Handschellen umlegte, und rannte weg. Also ich rannte weg, weil ich nicht sicher war, wo die olle Pistole hingeflogen war, und bevor sie nach ihr griff und auf mich schoss ...«

»Klar.«

»Ich sprintete zu dem Wagen, der Schlüssel steckte, und raste los. Herrlicherweise ging der Sprit aus. Ein Touristenehepaar las mich auf. Sie sprachen kein Wort Englisch, aber sie schafften es, mich zur nächsten Tankstelle zu bringen. Von dort aus nahm ich mir ein Taxi, das Geld dafür haben sie mir in die Hand gedrückt.«

Ich versuchte, cool zu bleiben, aber der Drang, sie küssen zu wollen, war unbeschreiblich.

Jade feixte und beugte sich plötzlich vor, als würde sie wissen, was in meinem Kopf vor sich ging. Ich schob alle Gedanken beiseite, ließ es zu, dass sie sich mir näherte, schloss die Augen und spürte einen Windzug, bevor wir uns berührten.

»Hey!«

»Du wirst Lan nicht küssen«, verlangte Caleb, der sie an ihren Schultern zurückgezogen hatte.

»Landon?«, fragte Jade überrascht.

Verflucht, meine Masche hatte funktioniert und daher kochte mein Blut sofort auf 180 hoch. »Ja, ich bin Landon, Baby. Ist dir wohl entgangen?«

»Ja! Warum fangt ihr gerade jetzt mit diesem schrecklichen Zwillingsspiel an?«

Ich hob betont ruhig eine Braue. »Mich interessiert, wie weit deine *Liebe* für meinen trotteligen Bruder wirklich geht.«

»Wie bitte?«

»Wenn du ihn nicht mal erkennst«, knurrte ich.

»Wenn du so bist wie er, dann verwechsle ich euch halt!«

»Und dann willst du *ihn* einfach vor *mir* küssen?«, fragte ich enttäuscht.

Jade starrte mich an, dann verdrehte sie plötzlich die Augen und rückte wieder heran. Im letzten Moment hielt ich sie davon ab, ihre Lippen auf meine zu legen.

»Ich will dich nicht küssen«, sagte ich abfällig. »Wie schäbig bist du eigentlich, das hier durchzuziehen, wenn dir klar sein müsste, dass wir über alles gesprochen haben?«

»Worüber gesprochen?«, schrie sie.

»Hör auf«, schaltete Caleb sich ein. »War das alles? Hast du diese Frau schon einmal zuvor gesehen? Irgendwas an deiner Geschichte ist doch faul.«

Jade lachte hilflos. »Faul?! Wie sollte sie faul sein?«

»Was für eine *Frau* war das?«

»Okay«, sagte sie und schien sich wieder zu fassen. »Haltet mich für durchgedreht, aber ich glaube, es war meine Mutter.«

Ich lachte.

Caleb blieb ernst.

»Sie kam mir *sooo* bekannt vor!«, verteidigte Jade sich. »Sie hatte meine Augen und eine ähnliche Stimme! Außerdem ist meine Mutter jung, richtig? Sportlich genug, um den Scheiß durchzuziehen. Wenn sie durchgeknallt ist, dann passt es doch damit zusammen, dass dieser Freak mich vor ihr gewarnt hat. Und er hat im Motel auch von einer ›sie‹ gesprochen, für die er nichts mehr tun will. Es passt!«

»Sie hatte deine Augen?«, hakte ich nach.

»Ich glaube schon.«

Mein Bruder und ich tauschten einen Blick aus, aber wir kamen beide nicht dahinter, was vor sich ging.

Ich versuchte es mit einer anderen Stelle der Geschichte. »Wieso hast du mich küssen wollen?«

Jade erwiderte ausdruckslos meinen Blick. »Ich weiß auch nicht. Vielleicht, weil du gerade auf kühles Arschloch machst.«

»Antworte«, verlangte Caleb drohend.

»Was zur Hölle wollt ihr von mir?«, fauchte sie.

»Wieso bist du heute Nacht in Landons Bett gegangen?«, fragte Caleb.

»Und wenn du Caleb doch so sehr *liebst*«, ich konnte es mir nicht verkneifen, »warum sagst du ihm dann nicht selbst, wohin du mit ihm gehen willst?«

Jade wirkte wie vor den Kopf gestoßen.

»Denkst du, wir reden nicht darüber?«, fragte ich.

»Glaubst du, du kannst uns gegeneinander ausspielen?«, fragte Caleb deutlich wütender. »Ich muss dich enttäuschen, Süße. Dafür müsstest du dich mehr anstrengen.«

»Ihr seid doch gerade die allerletzten Spinner«, flüsterte sie.

»Ach ja?«, fragten wir gleichzeitig, Sekunden davon entfernt, sie zu packen und ihr nicht einen Moment länger dieses Spiel durchgehen zu lassen

Sie sprang auf. »Ihr habt doch einen Knall! Ich gehe duschen! Vielleicht habt ihr Glück und ich ertrinke dabei, dann seid ihr mich los!«

Auch wenn ich kurz davor war, sie zurückzuhalten, wartete ich auf meinen Bruder und seine Entscheidung. Aber er tat nichts, also blieb auch ich sitzen.

Erst als sie verschwunden war, sahen wir uns wieder an.

»Irgendetwas stinkt gewaltig.«

»Ja«, sagte ich. »Nimmst du ihr die Entführungsgeschichte ab?«

»Keine Ahnung. Warum wollte sie dich küssen? Scheiße, ich hätte wohl früher niemals so einen Aufriss um einen Kuss gemacht ...«

»Ich verstehe, was du meinst.«

»Aber was wir gerade machen, geht auch nicht.«

»Nein. Wir können sie nicht verletzen, nur weil sie 'ne kleine Bitch ist.«

Caleb grinste. »Ich werde mit ihr sprechen.«

»Tu das.«

»Oder willst du?«

»Macht das einen wesentlichen Unterschied?«

»Wohl nicht.« Mein Bruder folgte Jade.

Ich saß noch eine Weile dämlich in der Gegend rum und ging ihm anschließend hinterher. Wenn ich die beiden belauschte, gäbe es schließlich keine Möglichkeit, dass sie sich am Ende herausredete.

Die Badezimmertür stand offen, die Dusche war bereits ausgestellt. Ich packte grob ein paar Sachen zusammen, um ein Alibi vorweisen zu können, sollten sie mich hier erwischen, während ich die Ohren spitzte.

»Warum wundert es dich, dass wir sauer auf dich sind?«

»Ich habe keinen Schimmer, wovon du redest«, antwortete Jade kühl.

»Okay, hör jetzt mit dieser Scheißnummer auf! Was war das gestern im Bett?«

»Im Bett? In welchem Bett und wann?«

»Willst du mich eigentlich verarschen?«

»Wieso bist du sauer, dass ich bei Landon geschlafen habe? Ich verstehe es nicht! Fangt ihr jetzt doch mit dem Eifersuchtsdrama an?«

»Wir?!«

»Ja, ihr! Warum sonst seid ihr gerade so bekloppt?«

»Du kommst zu mir«, mein Bruder senkte die Stimme und ich war froh, dass uns ein Raum trennte, denn ich wollte ungern in seiner Nähe stehen, wenn er so wütend war, »erzählst mir diese ganzen Dinge und verschwindest, sobald ich eingeschlafen bin, zu ihm?«

»Dass ich dich liebe? Hätte ich das nicht sagen dürfen? Gott, du machst mich gerade wahnsinnig, Caleb!«

»Schön, dass du mich wenigstens jetzt erkennst.«

Fuck. Wieso stritten sie wie zwei Teenies? Ich hielt das Theater nicht mehr aus und öffnete die Tür ganz.

»Ich habe euch noch nie besonders gut auseinanderhalten können, wenn ihr es drauf anlegt!«, schrie Jade jetzt, »warum ist das plötzlich ein Problem?!«

»Hey«, sagte ich und lehnte mich in die Tür.

Die zwei fuhren zu mir herum.

»Die Liebe zwischen euch schäumt geradezu über. Das *kann* doch gar nicht funktionieren, wenn ich nicht mehr da bin.«

»Wenn du nicht mehr da bist?!«, schrie Jade hysterisch.

»Das ist es doch, was du willst?«, fragte ich lächelnd.

»Wovon redet ihr überhaupt!«

»Wie kann man eigentlich so verschissen feige sein?«, fragte Caleb murmelnd.

»Ich bin nicht feige!« Echte Tränen liefen ihr über die Wangen und vermischten sich mit den Wassertropfen auf ihrer Brust. »Ich liebe euch! So unendlich, dass ich kaum begreifen kann, warum ihr mir ausgerechnet jetzt so wehtun wollt! Ich wusste gerade zwei Stunden nicht, ob ich sterbe! Ob ich euch jemals wiedersehen werde! Ob ihr mich überhaupt finden könnt! Jeden verschissenen letzten Atemzug habe ich euch gewidmet und kaum bin ich zurück, verhaltet ihr euch wie zwei Oberdeppen, die mir alles entreißen wollen, was mich überhaupt am Leben hielt?«

»Du liebst ›uns‹?«, hakte ich nach.

»Wen denn sonst!«, schrie sie.

»Ich rede alleine mit ihr«, sagte Caleb und nickte mir zu, bevor er Jade an der Schulter berührte.

Vielleicht ist das besser so. Offenbar konnte sie vor uns beiden nicht zugeben, jeweils mit dem anderen im Vertrauen geredet zu haben. Würde ich sie fragen, ob sie gestern mit mir darüber gesprochen hatte, nicht zurück nach New York gehen zu wollen, würde sie verneinen, um Caleb nicht zu verletzen. Sprach Caleb sie in meiner Anwesenheit auf ihr Gespräch in der Nacht an, würde sie nicht dazu stehen, um der Konfrontation mit *mir* aus dem Weg zu gehen.

Als ich die Tür hinter mir schloss und ins Wohnzimmer zurückging, fragte ich mich, warum ich noch kämpfen wollte. Ihre Geheimnistuerei ging mir derart auf den Sack, dass ich mir vorkam wie mein Bruder. Ich war nicht sauer auf Jade und vielleicht, vielleicht konnte ich ihre Angst ein wenig verstehen, aber ich hatte sie für intelligenter gehalten.

Auf diese Tour zerstörte sie alles, wenn sie es nicht bereits getan hatte.

Mein Bruder war unten am Boulevard deutlich gewesen, und ich?

Würde ihn niemals im Stich lassen, um mit Jade durchzubrennen, selbst wenn sie es gewollt hätte.

Als Schritte über den Teppich zu mir klangen, hob ich den Kopf.

Jade und Caleb kamen herein und sahen jeweils so aus, als wäre ich gestorben.

Na ja, Jade hätte das vielleicht eher gefreut, jetzt, wo sie mich nicht mehr *liebte*.

»Was zur Hölle?«, fragte ich.

Jade schluckte. »Caleb behauptet, ich wäre gestern Nacht bei ihm gewesen. Also *in* der Nacht. Aber das war ich nicht.«

Calebs Miene war in Stein gemeißelt.

»Okay?«, fragte ich belustigt. »Wer soll sonst da gewesen sein? Deine Zwillingsschwester?«

Caleb fuhr zu Jade herum.

»Scheiße«, keuchte er und betrachtete sie von oben bis unten. Dann wurde er ganz zu meinem Bruder, als er nach ihr griff und sie an sich zog. Die Hand in ihren Nacken gelegt, untersuchte er ihr Gesicht, ihre Augen, ihre Lippen. »Ins Auto, sofort.«

»Wie bitte?«, keuchte sie.

»Landon? Deine Waffe.«

Perplex zog ich sie.

»Du bringst uns in die Wüste«, sagte er zu Jade.

»Was?!«, keuchte sie.

»Zieh dir was an und hör auf zu reden, wenn du nicht willst, dass ich dich kneble.«

»Bist du jetzt vollkommen durchgeknallt?«, flüsterte Jade.

Caleb blickte ihr schroff ins Gesicht. »Wenn ich herausfinde, dass du diejenige bist, die uns etwas vorgespielt hat, und *sie* tot ist, werde ich dich häuten. Glaub bloß nicht, dass du meine sadistische Ader schon kennengelernt hast.«

»Ehm«, sagte Jade stotternd und blickte hilflos zu mir.

»Ja, er hat recht«, sagte ich und kam allmählich dahinter, was in Caleb gefahren war. Entweder Jade log, dann verdiente sie es nicht mehr, dass wir uns zurückhielten, ihr zu zeigen, wie sauer wir waren, oder sie log nicht, dann konnte es nur eine Möglichkeit geben. »Hoffen wir, dass du den Weg noch weißt, *Jade*.«

Nachdem wir Jade mehr oder weniger freiwillig ins Auto manövriert hatten, schlug Caleb die Tür zu und wandte sich an mich.

»Das ist unmöglich«, antwortete ich auf seine Gedanken. *Ein Zwilling? Jade?*

»Unmöglich nicht, nur verschissen unwahrscheinlich.«

»Sie hat uns einwandfrei getäuscht«, bestätigte ich ihn.

»Es *kann* nicht sein«, zischte er. »Die Jade gestern Abend in meinem Bett wusste Details, die sie niemals hätte wissen können!«

»Zum Beispiel?«

»Unseren Sex auf Susans Party.« *Fuck*.

»Jap, das ist kritisch«, stellte ich fest. »Also lügt sie.«

Caleb warf einen Blick zu Jade, die uns beobachtete, aber nicht hören konnte und so ratlos schien wie wir. »Ruf Susan an. Und bleib verdammt noch mal wachsam!«

»Alles klar.« Während Caleb nach vorne in den Wagen stieg, wählte ich die Nummer der Frau, die ich in einem solchen Fall am liebsten *nicht* um Hilfe bitten würde. Wo kämen wir da hin? Mein Bruder und ich, angewiesen auf Mommy und Daddy? »Susan«, begrüßte ich sie tonlos.

»Landon! Ist etwas passiert?«

»Wie man's nimmt. Kann es sein, dass du damals, als du auf der Suche nach dem perfekten Tausch für uns warst ...

eine Mutter gesucht hast, die ebenfalls Zwillinge bekommen hat?«

Stille.

»Entschuldige, dass ich so direkt bin.«

»Kein Problem«, sagte sie mit belegter Stimme. »Ja, Silva hat damals nach einer solchen Mutter gesucht, aber keine gefunden. Du müsstest ihn fragen.«

Ein Gespräch mit meinem Mafia-Daddy, großartig. »Okay. Gibst du mir seine Nummer?«

»Er steht neben mir. Ich reiche dich an ihn weiter.«

Noch besser.

»Sohn?«

»Fuck«, platzte es aus mir hervor. »Nenn mich nie wieder so!«

Schweigen. »Du hast recht. Dafür ist es noch zu früh. Wie kann ich dir helfen? Geht es um Jades Mutter?«

»Hat Ana Lin Zwillinge bekommen?«

Eine noch längere Pause folgte. »Das ist gut möglich. Ich war auf der Suche nach einer Frau, die Zwillinge erwartete und sie zur Adoption freigeben wollte, damit der Tausch noch weniger auffällt.«

»Aber?«

»Aber sie brachte uns nur Jade.«

»Was soll das heißen?«

»Einem meiner Männer, Joseph, vertraute ich die Suche nach einer solchen Mutter an. Er fand Ana Lin und bot ihr an, ihr zu helfen.«

»Helfen?«

»Mit einem Scheck.«

»Ihr habt ihr die Kinder abkaufen wollen?«, fragte ich fassungslos.

»Nein. Wir haben ihr den Scheck gegeben, und wenn sie trotzdem die Kinder abgeben wollte, sollte sie sie uns ins Krankenhaus bringen nach ihrer Geburt oder gleich dort gebären. Es sollte keine Entscheidung des Geldes wegen sein, ganz im Gegenteil. Um sie zu entlasten, bekam sie das Geld schon vorher.«

»Scheiße, du bist echt ein Samariter unter den Mafiosi, oder?«

Silva lachte. »Deine Mutter hat aus mir einen gemacht, richtig. Am Tag eurer Geburt wurde ein Mädchen anonym im Krankenhaus abgelegt. Der Name Jade lag in Form eines Armbands dabei. Wir wussten, dass sie eines der Kinder sein musste, zu deren Mütter Joseph Kontakt aufgenommen hatte. Aber erst als wir letzte Woche alle Fakten zusammengebracht haben, beauftragte eure Mutter einen Detektiv, um zu erfahren, welche Frau Jade abgegeben hatte. Denn ich konnte mich wirklich nicht mehr an den Namen ihrer Mutter erinnern. Vielleicht hatte mir Joseph ihn nicht mal genannt. Ich hatte genug andere Dinge im Kopf, um die Angelegenheit zu regeln.«

»Wie den Tod unserer Fake-Eltern vorzutäuschen«, sagte ich spöttisch.

»Ja, wie das.«

»Was ist mit Joseph? Erinnert er sich nicht?«

»Er ist vor zwanzig Jahren gestorben.«

»Bitter.«

»Er war ein guter Mann.«

»Also ist es möglich, dass Jade einen Zwilling hat.«

»Ja, wieso? Habt ihr ihn kennengelernt?«

»Tja. Ich fürchte fast, er sitzt in unserem BMW.«

CALEB

»Ihr seid doch vollkommen bescheuert.«

»Das hast du schon gesagt«, knurrte Landon, der sie hinten im Wagen im Schwitzkasten festhielt. Wir waren uns sofort einig gewesen, dass wir möglicherweise getäuscht worden waren. Und wenn ja, dass wir auch gerade möglicherweise getäuscht wurden.

»Wieso überlasst ihr das nicht der Polizei? Soll sie doch diese Bekloppte finden!«

»Sag uns einfach den Weg«, brummte ich. »Hier rechts oder links?«

»Ich habe keine Ahnung!«

Sie schrie, weil Landon ihr Schmerzen zufügte.

»Ich weiß es wirklich nicht!«, schrie sie noch lauter. »Werden wir dann ja sehen, ob wir uns verfahren!«

Ich mahlte mit dem Kiefer und bog nach rechts ab. Dass Jade entkommen sein sollte, kam mir einfach wie ein zu großer Zufall vor. Was, wenn sie noch in der Wüste versteckt gehalten wurde und dabei war, zu verdursten?

Andererseits verhielt sich die Kleine auf dem Rücksitz exakt so, wie Jade sich verhalten würde. Und das gestern Nacht hatte wiederum nicht zu ihr gepasst. Aber wenn ihr Zwilling schon seit Tagen um uns herum war ...

Scheiße, ich wollte mir gar nicht ausmalen, wie sehr wir einer Täuschung aufgesessen waren.

»Da ist es, glaube ich«, sagte sie murmelnd. »Da hinten bei diesem Hügel, wo eine Art Antenne draufsteht oder so.«

»Da ist das Versteck?«

»Nein, da ist der Weg! Von dort aus geht es noch mal weiter ins Nirwana. Zum Glück haben wir einen SUV, so können wir meine durchgeknallte Entführerin gleich noch besser retten.«

»Halt die Klappe«, knurrte Landon.

Ich seufzte. Warum war ich mir einerseits so verdammt sicher, wirklich Jade hinten auf der Rückbank sitzen zu haben – dieses fluchende, widerspenstige Mädchen, das ich so sehr vergötterte – und wurde im gleichen Moment von Zweifeln zerfressen?

Ihr Erinnerungsvermögen war gut und sie brachte uns ohne viel Murren bis in die Nähe des Lehmhäuschens, das sich nahezu unsichtbar in die steinerne Landschaft schmiegte. Den Wagen ihrer Entführerin hatten wir bereits passiert.

»Das ist es?«, fragte Landon und ließ Jade wachsam los.

»Ja«, grummelte sie. »Und jetzt? Was genau habt ihr mit ihr vor?«

»Ich gehe rein und horche sie aus.« Mein Bruder nahm mir die Wasserflasche ab, die ich ihm nach hinten reichte. »Du solltest auf sie aufpassen«, empfahl er mir.

»Klar, fessle sie an die Rücklehne.«

»Zum Glück habe ich immer ein paar Handschellen dabei«, antwortete er ironisch.

Jade fluchte ausgiebig, als Landon sie an die Lehne des Beifahrersitzes anschloss, und atmete frustriert durch, nachdem er den Wagen verlassen hatte.

»Und nun?«, fragte sie mich. »Willst du mir erzählen,

was das alles zu bedeuten hat, während Landon diese Bekloppte befreit und mit ihr vermutlich noch ein paar Kinder zeugt? Ihr scheint ja vollkommen manisch hinter ihr her zu sein.«

»Wo haben wir uns das erste Mal ohne Maskierung getroffen?«, fragte ich und scannte ihr Gesicht über den Rückspiegel.

»Im Coffee&Sparkle«, sagte sie, die Augen verdrehend.

»Wen haben wir im Treppenhaus belauscht, als ich dich entführt habe?«

»Silva. Wird das eine Fragestunde?«

»Wann hatten wir das erste Mal Sex?«

»Nachdem ich Landons SMS gelesen und mich vollkommen unreif betrunken habe.«

»Wann habe ich dir meine Liebe gestanden?«

»In der Bahn auf dem Weg nach Brooklyn.«

»Und wann du?«

»Gestern im Bad.«

»Und danach bist du zu Landon gegangen, nachdem er vom Sport zurückgekommen ist?«

Sie nickte.

»Sag es!«

»Ja!«

»Und du warst in der Nacht nicht bei mir.«

»Nein!«

»Und du spielst nicht? Du spielst, verdammte Scheiße, kein Spiel, um uns auszutricksen?«

»Warum sollte ich das tun?!«

»Weil du so bist!«, zischte ich. »Weil du es liebst zu spielen.«

»Du kennst mich schlecht, wenn du glaubst, dass ich das tun würde! Warum um alles in der Welt sollte ich sagen, dass ich nur dich liebe? Mit welchem Sinn? Glaubst du, mir würde das Spaß machen, euch zu verletzen?«

»Okay.« Ich drehte mich zu ihr um. »Du hast eine Zwillingsschwester, Jade. Und vermutlich hockt sie gerade da drüben im Schuppen.«

»Jetzt echt?«

»Sicher. Und sie ist *ziemlich* gut.«

»Was meinst du damit?«

»Ich habe ihr geglaubt.«

»*Was* hast du ihr geglaubt?«, fragte Jade fassungslos.

»Sie war gestern bei mir! In der Nacht!«

»Du meinst ... Sie hat dir das alles eingeredet?«

»Ja.«

»Und sie hat so getan, als wäre sie ich?«

»Offensichtlich.«

»Das würde bedeuten, dass sie ziemlich ...«

»Verrückt ist. Und gefährlich.«

»Warum sollte ausgerechnet meine Zwillingsschwester so tun, als wäre sie ich und dir etwas davon erzählen, dass sie nur dich lie-« Sie stoppte mitten im Satz. »Um mich entführen zu können«, flüsterte sie. »Damit ihr wütend auf mich seid und ... alleine reden wollt, mich alleine lasst ...«

»Ja«, sagte ich schroff. »Ziemlich gerissen.«

»Und sie sieht so aus wie ich?«

»Das haben eineiige Zwillinge so an sich.«

»Aber du hast keinen Unterschied festgestellt?«, fragte sie erstaunt. »Hast du mit ihr ... gestern Nacht ... hast du ...« Ihre Augen weiteten sich vor Angst.

»Deine Zwillingsschwester taucht auf, klaut deine Identität, und alles, was du dich fragst, ist, ob ich mit ihr geschlafen habe?«

»Ja«, flüsterte sie.

»Nein.«

Jade verengte die Augen.

»Sie hat sich ... meinem Schwanz gewidmet, aber ich habe es nicht beendet.«

»Wow. Jetzt benutzt du nicht mal böse Wörter für deinen Betrug.«

»Ich wusste es nicht!«, verteidigte ich mich und verlor dabei dennoch einen Teil meines Ehrgefühls. *Wie hatte ich es nicht wissen können?*

»Und jetzt glaubst du wieder, mich vor dir zu haben?«

»Und jetzt *glaube* ich, dass es unmöglich für sie wäre, dich so verdammt gut zu imitieren.«

Jade atmete durch. »Mann. Ich hasse euch, das weißt du, oder?«

»Wir haben dich bis vorhin auch gehasst.«

»Und ›ich‹ habe versucht, dir zu sagen, dass ich nur dich liebe?«, fragte sie skeptisch.

»Du hast es gesagt.«

»Aber warum hätte ich das tun sollen? Warum hättest du mir glauben sollen?«

»›Du‹ warst verdammt überzeugend.«

»Oh Mann.«

»Hoffen wir, dass die Sache gleich vorbei ist. Wir fragen deine Schwester aus und finden heraus, was sie eigentlich will.«

»Offenbar will sie meinen Tod, sonst hätte sie mich nicht hierhergebracht und ohne Wasser hier zurückgelassen.«

»Kam es dir so vor, als hätte sie dich töten wollen? Warum hat sie dich nicht erschossen?«

»Sie hat gesagt, dass ein schneller Tod zu gnädig für mich wäre.«

»Das hat sie gesagt?«

Jade nickte. »Also wenn sie nicht gerade eine Übergabe mit irgendeinem Frauenhändlerring geplant hat, dann wollte sie wohl, dass ich qualvoll verdurste.«

»Woher auch immer dieser Wunsch kommt.«

»Hey, dabei habe ich mir immer eine Schwester gewünscht!« Sie lachte und ich grinste ihr zu. Hätte Landon den Schlüssel zu ihren Handschellen nicht mitgenommen, hätte ich sie wohl losgemacht. Aber er kam gerade aus dem Häuschen, eine Frau an seiner Seite.

Eine Frau, die wie Jade aussah.

Und zwar absolut ohne jeden Zweifel exakt genauso.

Zu diesem Eindruck trugen nicht nur Jades Klamotten bei.

Plötzlich wusste ich, dass auch die Jade, die mit mir am Friedhof gesprochen hatte, die ›falsche‹ gewesen sein musste, denn sie hatte sich offenbar an Jades Kleidung bedient.

Nur wie genau war das alles möglich …?

Ich stieg aus und trat näher.

Landon stützte sie, denn sie war schwach. Ihr Gesicht, ihr Körper, alles voller Dreck und Sand.

Er stützte *Jade*, aber das konnte nicht sein.

»Tatsache«, rief ich ihm zu. »Zum Verwechseln ähnlich. Zum Glück weiß ich, dass wir die echte Jade im Wagen haben. Ihre Schwester kann sich auf ein paar sehr lange Verhörstunden freuen.«

Landon kniff die Augen zusammen, und offenbar nicht nur, weil ihn die Sonne blendete. »Bist du sicher, dass du die echte Jade hast?«, fragte er. »Denn die habe ich.«

JADE

Ich konnte es kaum glauben, wie blind und unfähig diese zwei Idioten waren. Klar, ich hatte sie auch verwechselt, aber *sie* legten es schließlich auch darauf an!

Diese psychisch gestörte Kopie von mir konnte man doch nicht eine Sekunde lang ernst nehmen. Die Brüder hingegen taten es.

Zugegeben, die kleine Fotze war auch gut. Sie beherrschte es tadellos, die Köpfe der Zwillinge zu verdrehen, was ich ihnen kaum übel nehmen konnte, denn sie sah aus wie ich und war damit bedauerlicherweise genauso sexy.

Ich wartete nur darauf, dass ich die Gelegenheit dazu bekam, sie umzubringen. Und das meinte ich nicht sprichwörtlich.

»Und?«, fragte ich sie schlecht gelaunt. Die Brüder hatten uns in der Küchenzeile der Suite gefesselt. Leider außerhalb der Reichweite von Messern oder anderen schönen Waffen, mit denen ich meiner *Schwester* die Augen aushöhlen konnte. »Was bezweckst du mit dem Ganzen?«

Sie warf mir einen schiefen Blick zu. Alles an ihr sah genauso aus wie ich. Die bernsteinfarbenen Augen, das spitze Kinn, das dunkle, lange Haar, ja, es hatte die verdammt exakt gleiche Länge, ihre hohen Wangenknochen, der lustvolle Mund, die prallen Brüste und die schlanke Taille. Selbst *ich* fand keinen Unterschied und ich kannte mich wohl besser als irgendjemand sonst. »Fragst du mich das?«, sagte sie mit meiner Stimme, die so, wie sie aus ihrem Mund kam, befremdlich klang. Aber ich wusste, dass ich genauso klang, wenn ich mich über einen Lautsprecher hörte.

»Ja, ich meine, was hast du vor?«, begann ich ein freundliches Gespräch mit dieser Bekloppten. »Diese beiden Brüder sind Horror. Wenn sie mich gegen dich eintauschen, dann herzlichen Glückwunsch. Ist genial, sich jeden Abend auspeitschen zu lassen und ständig die brave Gespielin zu sein.«

Sie hob eine Braue, wie ich es getan hätte. »Du bist so gestört, dass ich hoffe, dein Gehirn sprengt sich selbst in die Luft.«

Hm. Das hätte tatsächlich von mir stammen können. »Dabei hätten wir Freunde werden können. Du weißt doch, Schwesternliebe, vielleicht hätten uns die Jungs sogar gleichzeitig gevögelt. Ist das dein Plan?«

»Halt deine Klappe«, zischte sie. »Ich habe keine Ahnung, warum du dein Leben riskierst und es dann nicht mal richtig hinbekommst, mich wirklich loszuwerden!«

»Du hast dich mir doch völlig dilettantisch genähert und ich habe dich überwältigen können! Das nächste Mal nimm vorher Training in Kampfkunst!«

»Das hast du ihnen erzählt?«, fragte die Jade-Kopie ungläubig. »Und sie haben dir geglaubt?«

»Ehm, ja?«

Sie zog ihre Beine zusammen und blickte zur anderen Seite. Während sie die Schwache mimte, die vollkommen fertig zu sein schien, weil ihre böse Zwillingsschwester aufgetaucht war, hatte ich nur Ironie für diese Situation übrig.

»Ich bin immer noch sicher, die Richtige zu erkennen«, sagte Caleb, der uns beobachtet hatte.

»Sicher?«, fragte Landon, der an seinem Laptop arbeitete. Er blickte erst mir, dann meiner verfickten Schwester ins Gesicht. »Tut mir leid, dass ich zu blöd bin, die Masche zu durchschauen.«

»Das sollte dir auch leidtun!«, zischte ich.

»Du siehst die Falsche an, um dich zu entschuldigen!«, zischte sie.

Na toll. Sie äffte mich prima nach.

»Hast du die Fragen zusammen?« Caleb stand auf und trat hinter Landon.

»Jap. Lass es uns drüben besprechen. Mir ist bei diesen zwei Grazien selbst unsere Geheimsprache zu heikel.«

»Dieses affige Skandinavisch von eben im Auto?«, fragte ich spöttisch. »War das eine Geheimsprache? Die hat man sowieso nicht verstanden. *Ich* jedenfalls nicht.«

Sie antworteten nicht, schenkten mir nur einen tiefsinnigen Blick und verließen den Raum.

»Super«, murmelte ich. »Jetzt können wir wenigstens frei reden, wenn du willst.«

Meine Psychoschwester lächelte mich in der Tat zufrieden an und ich hätte sie zu gerne zum Beweis abfotografiert. Wärme entstand an meinen Händen. Ich bemerkte zu spät, dass meine Zwillingsschwester den Backofen angeschaltet hatte, an den wir beide gefesselt waren. Das Ding war hochmodern. Es hatte schon 220 Grad und fühlte sich von außen an wie 50.

»Und was willst du jetzt tun?«, fragte ich gelangweilt. »Einen Friede-Freude-Eierkuchen backen?«

Sie grinste, öffnete die Klappe, sodass die Hitze uns entgegenströmte und legte ihre Hände auf das Glas. Ungläubig sah ich ihr dabei zu, wie sie ihre Finger verbrennen ließ.

Vielleicht war ich eine Sekunde *zu* ungläubig, denn ich hatte nicht damit gerechnet, dass jemand so *krank* sein konnte. Sie nutzte meine Starre aus, indem sie die Klappe mit dem Knie nach unten drückte, an der Stange mit ihren Händen auf meine zurutschte und sie ebenfalls aufs heiße Glas presste. Ich schrie auf, so verflucht heiß war der Mist, und die Fotze ließ meine Hände erst los, als Caleb und Landon angerannt kamen.

Sie jammerte mindestens ebenso laut wie ich, als Landon zwischen uns trat und den Backofen ausschaltete.

»Seid ihr völlig wahnsinnig?«, fragte er fassungslos.

»Sie ist es!«, schrien wir gleichzeitig und zeigten auf die jeweils andere.

Mann! Meine Finger brannten wie Sau, weswegen es mir gerade egal war, dass mir nichts Jade-Typischeres eingefallen war. *Wieso kann sie mich so verdammt gut imitieren?*

Landon riss den Kühlschrank auf und gab meiner ätzenden Schwester ein Kühlkissen.

»Und was ist mit mir, du blinder Vollidiot?«, zischte ich.

Widerwillig reichte er mir ebenfalls eins.

»War das Absicht?«, fragte er uns.

Fake-Fotzen-Jade lächelte spöttisch, während sie die Kühlung mit den Händen umschloss. »Was glaubst du denn? Sie ist irre.«

»Ich käme im Leben nicht darauf, unsere Finger zu verglühen, Bitch«, gab ich zurück.

»Du willst, dass man uns anhand der Fingerabdrücke nicht identifizieren kann! Und dafür nimmst du das in Kauf! Ich möchte niemals so krank sein wie du!«

»Nee, ich auch nicht«, murmelte ich und unterdrückte die Tränen.

»Oookay«, sagte Landon und trat zurück. »Wir müssen

mit unserem Test wirklich schnell starten. Hat dein Handy genug Akku, Cal?«

Caleb hatte uns nachdenklich beobachtet. »Klar.«

»Dann nimm alles auf und wir vergleichen die Ergebnisse.«

»Peinlich, dass ihr auf so etwas zurückgreifen müsst«, triezte ich sie.

Ihre Köpfe ruckten in meine Richtung.

»Dabei müsstest du doch wissen, wie das ist«, sagte Caleb.

»Nein! Zufällig nicht!«

Jade zwei legte tief durchatmend den Kopf in den Nacken. »Könnt ihr uns bitte einfach so schnell wie möglich die Fragen stellen, damit das vorbei ist.«

»Gott, ich hoffe so sehr, dass sie dir im Anschluss die Zunge rausschneiden«, blaffte ich. Boah, wie konnte diese Ziege nur so unausstehlich sein! Ausgerechnet die Person, die das gleiche Erbgut hatte!

Ich durfte keine Kinder bekommen. Offenbar ging das mit diesen Genen manchmal gewaltig schief.

»Die beiden scheinen sich wirklich zu lieben«, sagte Landon schmunzelnd.

»Gut, dass wir sie im Auto als Vorsichtsmaßnahme geknebelt haben, das hält ja kein Schwein aus.«

»Und merkwürdig, dass beide vollkommen freiwillig mit ins Hotel gekommen sind. Eine von beiden müsste doch wissen, was ihr blüht.«

»Sie ist krank!«, erinnerte ich die zwei Lackaffen. »Sie hat freiwillig ihre Finger verglühen lassen. Da denkt sie ganz sicher nicht rational und offenbar hält sie sich für die Queen, weil sie euch bis hierher täuschen konnte!«

Caleb seufzte. »Wie auch immer. Achte darauf, ihr nicht zu nahe zu kommen.«

»Wie soll das gehen?«, fragte Landon. »Ich kann sie

schlecht mit einer Waffe bedrohen, sie wissen, dass wir nicht schießen werden.«

»Dann komm ihr halt nahe, aber achte darauf, dass sie dich nicht *fickt*, und lass dich bloß nicht von irgendwelchen Tränen täuschen.«

Landon grinste. »Keine Sorge.« Er wollte gerade auf mich zugehen, als sein Handy klingelte. »Es ist Susan«, sagte er überrascht und nahm ab. »Ja?«

Er hörte eine geschlagene Minute zu.

»Nein, das war sie nicht. ... Nein, sicher. ... Das war ihre Zwillingsschwester. ... Ja, die sitzt gerade vor uns. ... Wir könnten Hilfe dabei gebrauchen, sie auseinanderzuhalten. ... Ich melde mich gleich wieder.«

»Was zur Hölle ist passiert?«, fragte die Jade-Kopie, bevor ich es tun konnte.

»Eine von euch ist eine Mörderin und wir müssen Nevada sofort verlassen, weil nach ... euch gefahndet wird. Da staunt ihr was?«

Nach uns? Oh Mann. Ich hätte vor der Polizei dieselben Probleme, zu beweisen, dass ich *nicht sie* war, wie vor den zwei Brüdern. Wenn ich nicht gerade tagelang in Untersuchungshaft verbringen wollte, befand ich mich jetzt auf der Flucht. Konnte es noch schlimmer werden?

»Und wen hat meine liebreizende Schwester umgebracht?«, fragte Jade zwei ironisch schon wieder, bevor ich es tun konnte.

Landon sah erst ihr, dann mir in die Augen. Leider verstand ich, warum er uns nicht auseinanderhalten konnte. Das gestörte Psychomiststück war zu gut. »Eure Mutter.«

LANDON

»Wir müssen uns aufteilen«, überlegte Caleb laut und blickte zu den Schwestern nach hinten. »Wir können sie nicht alleine lassen, sie würden versuchen sich umzubringen.«

»Ja, aber ich will auch schlafen«, sagte ich müde. Ich war die letzten Stunden gefahren, immer in der Angst, die Polizei könnte uns anhalten und uns Jade wegnehmen – beide Jades. Denn das würden sie, um den Mord an ihrer Mutter zu klären. »Das kann ich mit einer mörderischen Fake-Jade an meiner Seite sicher nicht.«

»Dann nimm die mit, von der du glaubst, es sei die echte.«

Ich drehte mich nach hinten. Leider hatte ich keinen Schimmer, welche welche war. »Wenn ich die falsche auswähle, würde mir die echte das nie verzeihen.«

»Wie recht du hast«, murmelte die Linke grimmig.

»Das ist doch Quatsch!«, sagte die andere verständnisvoll und warf ihrer Zwillingsschwester einen genervten Blick zu. »Ich kann euch auch nicht auseinanderhalten und meine Psychoschwester ist wirklich verdammt gut. Fast so gut wie ihr. Lasst uns gemeinsam versuchen herauszufinden, wer wer ist. Wenn sich das nicht noch drei Jahre in die Länge zieht, verzeihe ich euch.«

»Fast so gut wie wir? Nein«, sagte ich und blickte ihr fest in die Augen. »Sie ist besser.«

»Dann haben wir nur die Möglichkeit, sie ordentlich zu fesseln, bevor wir schlafen gehen«, sinnierte Caleb.

»Und die echte Jade derart quälen?«, fragte ich widerwillig.

»Du hast sie doch gehört.« Caleb lächelte kühl. »Sie wird uns verzeihen. Das hätte sie nicht gesagt, wenn es die wahre Jade nicht auch so sehen würde. Und wenn es die echte ist, dann verzeiht sie uns eh. Wenigstens das ist einfach.«

»Ja, red dir schön was ein, Caleb«, zischte die Linke.

Er schmunzelte und stieg aus.

»Ich verstehe nicht, wieso ihr nicht einfach eure Fragen stellt. Es ist doch total einfach.«

»Geht im Auto schlecht, wenn ihr beide anwesend seid, oder?«, fragte ich müde.

»Und ob!«, rief die Rechte. »Diese Gestörte da wird keine einzige Frage richtig beantworten können!«

Die linke Jade machte einen Facepalm. Auch wenn es mir leidtäte, falls die rechte die echte Jade wäre, so mochte ich die linke lieber. Sie besaß schwarzen Humor.

»Also, aussteigen, Ladys.« Ich öffnete die Tür und ging nach hinten, um die Fesseln der linken Jade zu lösen und sie an mich zu nehmen.

Nachdem Caleb die Zimmer organisiert hatte, bugsierte ich die eine Jade hinauf.

Sie sagte nichts dagegen, dass ich die Tür zur Toilette aufließ und sie beobachtete. Erst nachdem sie ihre Hände gewaschen hatte, seufzte sie theatralisch auf.

»Das war wirklich die *allerschlimmste* Autofahrt in meinem Leben. Und ich bin in New York aufgewachsen.

Mit Rush Hour. Und verrückten Taxifahrern. Und Fußgängern, die denken, grün bedeute rot und andersherum!«

»Ist okay«, sagte ich abweisend und bereitete die Couch vor. Ihr Körper war genauso perfekt wie Jades, weil sie nun mal Jade war oder so etwas Ähnliches. Und ihre zynische Art gefiel mir. Aber ich wollte verdammt noch mal nicht, dass sie mir gefiel. Ich konnte sie nicht unterscheiden. »Kannst du mir einen Gefallen tun und bis morgen früh die Klappe halten? Ich brauche Schlaf und würde dich nur ungerne knebeln.«

»Mann, Landon, ich bin es. Kneble mich, nachdem wir über alles geredet haben.« Sie setzte sich aufs Bett und griff nach dem Notizblock des Motels. Ihre Finger in Pflaster eingewickelt.

»Lässt du das bitte liegen?«, sagte ich genervt.

Sie verdrehte die Augen. »Ich muss meine Gedanken sortieren. Also ich hab geschnallt, dass mich diese kleine Bitch perfekt imitieren kann. Das Mädchen in mir hofft zwar, ihr wäret intelligenter als meine durchgedrehte Schwester, aber das Mädchen in mir ist auch eine Prinzessin und hat keine Ahnung von der Realität. Es muss ein Brainstorming her. Ihr solltet *nicht* schlafen. Denn ganz ehrlich, es ist unmöglich, dass sie allzu viel über uns weiß. Ihr solltet diese dummen Fragen stellen. Wozu habt ihr in Las Vegas eine Stunde gebraucht, um euch welche zu überlegen? Und am besten besorgt ihr euch irgendetwas ... Ganz ehrlich, auch wenn es semigeil für mich ist, aber ihr solltet uns ausfragen, wenn wir müde sind und ihr wach. Also nehmt Amphetamine. Für uns wäre das wie eine sanfte Foltermethode, aber sie könnte euch helfen. Falls die Fragerei wirklich *nicht* hilft, *was nicht sein kann,* müsst ihr unbedingt ein paar deiner Kollegen in mein Zimmer in New York schicken. Irgendwann sind meine Finger keine schmerzenden Brandblasen mehr und wir können einfach anhand der Fingerabdrücke feststellen, wer ich bin. Die sind doch unterschiedlich, oder nicht?«

Ich nickte, drauf und dran, ihr den Kugelschreiber aus der Hand zu nehmen. Wenn sie eine kaltblütige Killerin war, würde sie ihn gegen mich verwenden. Vielleicht. Vielleicht nicht.

»Gut. Fingerabdrücke, Fragen«, spann sie weiter. »Es gibt wirklich keinen Grund, weshalb das hier noch länger dauern muss als nötig.«

»Ich werde schlafen. Falls du dir das vorstellen kannst; es war auch *meine* schlimmste Autofahrt.«

»Weil ihr Schiss vor den Cops habt? Mein Gott! *Ich* habe meine Mutter nicht umgebracht, also selbst wenn sie uns schnappen ...«

»Sie würden dich ... *euch* wochenlang in U-Haft halten. Das wollen wir der echten Jade nicht antun.«

»Die echte Jade – denn das bin ich – hätte nicht so viel dagegen wie gegen die Vorstellung, dass meine durchgedrehte Zwillingsschwester drüben gerade mit Caleb schläft!«

»Eben im Auto warst du nicht so gesprächig.«

»Natürlich nicht. Eben im Auto saß *sie* neben mir und ich konnte sieben Stunden nur darüber nachdenken, wie ich ihr den Hals umdrehe.«

Fuck. Das klingt absolut nach der anderen Jade. Hat sie vorhin im Wagen nicht sogar dieselben Worte verwendet?

»Und nicht mal das geht«, murmelte ich und ließ mich aufs ausgeklappte Sofa sinken, ohne Jade aus den Augen zu lassen. »Ich kann *dir* nicht den Hals umdrehen, diesen Anblick hätte ich dann für immer vor Augen, wenn ich mit der echten Jade zusammen bin.«

»Oh Mann, ihr Armen, echt.« Sie machte ein mitleidvolles Gesicht. »Ich bin so froh, dass du mich mitgenommen hast. Wenn Caleb nicht gerade einen auf emotional macht und ihr glaubt, wird er sie wie Dreck behandeln, weil er wütend auf sich selbst ist. Er hasst es, wenn er etwas nicht unter Kontrolle hat. Das ist irgendwie süß. Und es freut mich ein wenig für die kleine Schlampe.«

Wie recht sie hat.

»Landon?«

»Hör *bitte* auf zu reden.« Denn, wenn *das* hier nicht die echte Jade war, hatte ich ein ziemliches Problem. Wie sollte ich meine Gefühle auch ausschalten?

»Weißt du, was der Unterschied zwischen mir und ihr ist?«, fragte sie.

»Ist das eine Fangfrage?«

»Ich meine im Innern.« Jade setzte sich im Schneidersitz aufs Bett. »Ich bin zwar stinksauer auf euch, aber viel schlimmer ist, dass ich euch verstehen kann und mit euch leide. Ich möchte nicht in eurer Haut stecken.«

Ich schwieg.

»Deswegen liebe ich euch beide«, flüsterte sie, »da kann mir das nicht passieren.«

Ich setzte mich auf und blickte ihr ins Gesicht. Das war alles so echt, dass es kein Fake sein konnte. Aber ich vertraute meinem Bruder, wenn er sagte, er sei ihr vor der Entführung bereits zweimal aufgesessen, ohne es zu merken, und ich vertraute meinem eigenen Urteilsvermögen. Die Jade, die ich aus dem Schuppen in der Wüste befreit hatte, war auch echt gewesen. Echt erschöpft, echt halb verdurstet, echt kraftlos und *echt dankbar*, mich zu sehen.

Tränen entstanden in den Augen der Jade, die ich vor mir hatte. »Ich kann mir denken, was du denkst«, wisperte sie.

»Und zwar?«

»Du fragst dich, ob es nicht egal ist, welche ich bin. Weil wir dir beide gefallen.«

»Schwachsinn.«

»Ich habe gesehen, wie du *sie* angesehen hast.«

»Sie sieht aus wie du, Jade.«

»Reduzierst du mich aufs Körperliche?«

»Sie ist auch wie du, verdammt!«

»Schläfst du mit mir?«

»Bitte?«

»Bitte!«

»Vergiss es.«

»Was muss ich noch tun, damit du mich erkennst?«

»Ich habe ›dich‹ gestern Abend auch nicht erkannt, als ›du‹ zu mir in die Küche gekommen bist, um über die Rückkehr nach New York zu sprechen. Warum willst du ausgerechnet jetzt vögeln?«

»Verdrängung.«

»Das passt zu dir.«

»Ich weiß«, seufzte sie und kuschelte sich in die Decke ein. »Gute Nacht, Liebling. Vielleicht ist dieser Tag einfach aus meinem Gedächtnis verschwunden, wenn ich morgen aufwache.«

»Das hoffe ich auch«, murmelte ich undeutlich und wartete, bis sie eingeschlafen war, bevor ich sie fesselte, dann trat ich nach draußen in die laue Frühlingsnacht.

Ich hatte Jade vor mir, sie war zum Greifen nah, präsent und erreichbar – und sie hatte mir noch nie so sehr gefehlt.

JADE

Als ich aufwachte, schwamm mein Gesicht in Tränen. Ich hatte leider nicht geträumt, sondern der Albtraum war Realität. Nicht nur meine Mutter war tot – ermordet, ich verlor auch noch die einzigen zwei Menschen, die mir jemals etwas bedeutet hatten.

Nach ihnen kam nur noch mein erfundener Goldfisch Ted.

Wie es meiner Schwester wohl erging? Offenbar war sie krank genug, um das alles durchzuziehen, aber wie musste es dann erst in ihrem Innern aussehen?

Was hatte man *ihr* angetan, dass sie so viel Hass empfand? Lag es an meiner Mutter? War meine leibliche Mutter sehr viel schlimmer, als die Carpenters es gewesen waren?

Als einer der Zwillinge hereinkam, wusste ich nicht, welcher von beiden es war. Sie verstellten sich, vielleicht war das eine Masche oder aber es ging ihnen beiden derart schlecht, dass sie sich nicht in ihrer Art unterschieden.

Wortlos stellte er mir ein paar Toastscheiben hin und verschwand wieder nach draußen.

Ich war noch immer ans Bett gefesselt und musste meine Füße einsetzen, um an das Toast zu gelangen. Nach einer Viertelstunde kehrte er zurück. Caleb? Landon? Keine Ahnung.

Ich war zu müde, um sie unterscheiden zu wollen.

Er stellte sein Handy auf, sodass die Kamera das Bett einfing. Wortkarg löste er meine Fesseln, brachte mich zur Toilette, wartete in meiner Nähe und bugsierte mich danach zurück. Er fesselte meine Hände vor dem Bauch und setzte sich mir gegenüber.

»Bereit?«, fragte er.

CALEB

»Nein«, antwortete sie und legte den Kopf in den Nacken. »Ich will keine Fragen beantworten.«

»Das hilft uns besonders gut.« Ich streckte die Beine aus. Nur die drei Tassen Kaffee hielten mich wach.

»Was ändert es noch?«, fragte sie und lächelte mich traurig an. »Sie hat bewiesen, dass wir nicht stark genug sind. Dass sie uns auseinanderbringen kann. Ich meine, ihr seid auf *Fragen* angewiesen, um uns unterscheiden zu können.«

»Was ist dein Vorschlag?«, fragte ich tonlos. Ich war zu müde, um mit ihr zu diskutieren.

»Ich weiß es nicht. Eigentlich ist es doch egal, denn das zwischen uns wird sowieso niemals mehr so, wie es einmal war.«

»War denn da jemals was zwischen uns?«, fragte ich.

»Wie kannst du so etwas sagen!«, schrie sie.

»Erste Frage. Entführung.«

»Welche?«, fragte sie spöttisch. »Du hast zweimal so getan, als wäre ich deine Geisel.«

Sie ist so verdammt gut. Woher weiß sie diese Dinge? »Ich bin Landon«, sagte ich tonlos.

Sie schluckte. »Ich glaube dir nicht.«

»Ist mir gerade tatsächlich egal. Ich spreche jetzt einfach von uns beiden in der dritten Person. Dann kannst du meine Fragen nicht missverstehen. Die Entführung *gestern*. Wie ist sie deiner Meinung nach abgelaufen?«

Sie blinzelte mich an. »Das ist die Frage? Aber das kann sie doch auch wissen oder für sich auslegen!«

»Tut mir leid, so funktioniert das beim FBI. Das Stichwort lautet Kombinatorik.«

Sie verdrehte die Augen und fasste den Ablauf in kurzen Worten zusammen. Ich fand keinen Logikfehler. Die falsche Jade musste hochintelligent sein, wenn sie all die Täuschungen perfekt umsetzen konnte.

»Fahrstuhl. Als sich die Türen schlossen, waren nur Landon und du in der Kabine. Was ist genau passiert?«

»Ich habe ihn angemacht und ihm dann meine Meinung gegeigt. Wir haben gekämpft, ich habe ihn entwaffnet. Was willst du genau wissen?«

»Mehr Details.«

Sie seufzte. »Ich weiß es nicht mehr. Ich glaube, er hat etwas davon gesagt, dass er darauf achten wird, dass ich nicht auf ihn schieße. Keine Ahnung.«

Ich gestand ihr zu, dass auch sie sich nicht an alles erinnern *konnte*, und bombardierte sie weiter mit Fragen. Nacheinander ging ich alle Fragen durch, die sie typisch für Jade beantwortete. Genervt, ungeduldig, gelangweilt, aber korrekt.

Fuck.

Ich massierte meine Schläfen. Jade muss verwanzt gewesen sein. Die ganze Zeit über. Woher sollte ihre Schwester diese Dinge sonst wissen? Oder übersah ich ein wesentliches Detail?

Wer zur Hölle war nun die echte?

»Am ersten Morgen in Calebs Wohnung. Was habt ihr getrunken?«

»Hast du mit ihr geschlafen?«

»Mit ›ihr‹?«

»Gestern Nacht. Hast du sie da gefickt?«

»Natürlich. Wie sollte ich sonst herausfinden, wer echt ist und wer nicht?« *Wer glaubt sie, bin ich?*

Sie riss den Mund auf. »Das hast du nicht getan«, keuchte sie.

»Was habt ihr getrunken?«, wiederholte ich meine Frage. Die Frage war wichtig, denn in meiner Wohnung waren keine Kameras gewesen. Nur die echte Jade konnte wissen, dass ich einen Kaffeebereiter benutzt hatte.

»Kaffee«, murmelte sie undeutlich.

»Und wie hat Caleb ihn zubereitet?«

»Was?«

Ich wartete.

»Keine Ahnung.«

»Keine Ahnung?«

»Ich weiß es nicht mehr!«, platzte es aus ihr heraus. »Und es ist mir auch zu blöd, darüber nachzudenken! Was soll das alles noch bringen? Nehmt doch sie, wenn sie euch genauso gut gefällt wie ich, dann könnt ihr alle glücklich sein! Ich will euch eh nicht mehr.«

»Hör zu, kleine *Jade*«, sagte ich gedehnt. »Ich weiß, dass du nicht die richtige bist, also hör auf, mein Gehirn zu ficken. Du bist gut, das gebe ich zu, verdammt gut, sodass auch in mir immer noch ein Restzweifel besteht. Das will ich dir definitiv nicht absprechen, aber du solltest jetzt einfach die Fragen beantworten, weil dieser Zweifel gleich vollkommen erlischt und zu einem Wissen wird.«

Sie schenkte mir einen abfälligen Blick. »Viel Spaß mit deiner neuen Jade, Wichser.«

Ich seufzte. Vielleicht versuchte ich es doch mit Folter.

Die Tür ging auf und mein Bruder erschien im Durchgang. Neben sich die andere Jade.

»Ich weiß jetzt ihren Namen«, sagte er.

»Hat sie ihn dir gesagt?«

»Nein. Sie hat alle meine Fragen beantwortet.«

»Was?«, keuchte die Jade, die am Boden vor mir saß.

Landon zuckte die Achseln. »Ich habe eben mit Susan telefoniert. Der Name von Jades Schwester ist Saphira. Sie stammt aus derselben Klinik wie William Sinclair, der sich vorgestern hier auf dem Motelparkplatz in den Kopf geschossen hat. Sie ist vor sieben Monaten gemeinsam mit ihm geflohen.«

»Oh Gott, ich wusste, dass sie eine Psycho-Braut ist«, sagte die Jade am Boden.

Die andere stand ausdruckslos neben Landon. »Caleb?«, fragte sie flüsternd.

»Hm?«

»Bedeutet das, *sie* konnte auch alle Fragen beantworten?«

»Zumindest genügend, dass wir davon ausgehen müssen, dass Jade verwanzt gewesen sein muss.«

Sie begann zu zittern.

»Ihr wollt mich doch verarschen, oder?«, fragte die Jade am Boden und richtete sich auf. »Sie kann *unmöglich* so viele Details wissen. Woher? Sie müsste mich die ganze Zeit beobachtet haben!«

Ich blickte ins Gesicht meines Bruders, und als er unmerklich nickte zum Zeichen, dass es stimmte, glaubte ich, innerlich zu explodieren. Wir hatten es hier mit einer knallharten Verbrecherin zu tun, die Jade eine Ewigkeit ohne unser Wissen gestalkt hatte.

»Gut, dann also weiter«, sagte ich mit unterdrückter Wut. »Wir ziehen alle Register, irgendwo ist schon eine Lücke.«

»Nur dass es mir mittlerweile egal ist, ob ihr sie findet!«, schrie die Jade neben mir und stürzte auf mich zu. Während ihr die Tränen übers Gesicht rannen, trommelte sie mit den gefesselten Händen auf meine Brust ein. »Du musst mich doch erkennen! Du musst mich erkennen, Caleb! Ich will, dass du mich erkennst und liebst und nichts zwischen uns gelogen war! Du weißt, dass ich es bin! Du musst es wissen!«

Ich umgriff ihre Handgelenke und drückte sie nach unten. Für einen Moment war ich schwach. Schwach und unwissend, müde, verkatert, machtlos und am Ende.

Ich drehte mich zu meinem Bruder und Jade um, wollte zugeben, dass ich nicht weiterwusste, als ich ihre Hände an meinem Gürtel spürte.

»Nicht!«

Ich fuhr herum, aber es war zu spät.

Sie machte einen Satz zurück, hielt meine Waffe in den Händen und richtete sie auf Jade. Auf die andere Jade neben Landon, der seine eigene Waffe gezückt hatte. Aber er würde nicht schießen. Nicht, solange Jade es nicht tat.

»Tu es nicht, Baby!«, rief er ihr zu. »Süße, wir haben keine Ahnung, wer von euch welche ist, und wir könnten niemals –«

»Es ist egal, ich will, dass es endet!«

»Du bist keine Mörderin, Jade«, erinnerte ich sie leise.

»Du glaubst doch eh, dass ich die andere bin!«

»Das war ein Bluff. Jade, ich bluffe, um an die Wahrheit zu gelangen. Nimm die Waffe herunter, so wirst du uns beide verlieren.«

»Euch habe ich schon verloren!«

»Mich hast du nicht verloren!«, rief Landon. »Fuck! Aber du musst doch erkennen, dass deine Schwester durchgeknallt ist! Wenn du sie tötest, werden wir nie erfahren, warum, und wir werden immer im Zweifel leben, welche von euch nun wirklich gestorben ist!«

»Mir ist euer Zweifel egal.«

»Nein!«, schrien mein Bruder und ich, als sie den Finger um den Abzug bewegte.

Sie versuchte abzudrücken, aber nichts passierte. Sofort lief ich auf sie zu, entriss ihr die Waffe und schlug ihr mit dem Griff gegen das Kinn. Sie sackte auf dem Boden zusammen.

»Gute Frage, ob die echte Jade auch vergessen hätte, die Waffe zu entsichern«, sagte Landon ironisch.

»Keine Ahnung.« Ich steckte die Pistole zurück in meinen Hosenbund und schwor mir, mich niemals wieder so dämlich anzustellen. »Deine Jade hat jede Frage beantworten können?«

Er nickte.

»Dann haben wir uns das ein bisschen zu leicht vorgestellt.«

LANDON

»Wenn wir so weitermachen, haben wir in ein paar Tagen vielleicht die Wahrheit herausgefunden, aber Jade verloren«, brummte ich und trank einen weiteren Schluck Energy Drink. Mein Kopf rauchte. Wir waren seit gestern Nachmittag zig Möglichkeiten durchgegangen, um den bösen Zwilling zu enttarnen, und hatten es immer noch nicht geschafft. »Wir sind keine Versager, aber wir versagen!«

»Ich weiß.« Caleb gab mir Jades Handy zurück und ich schaltete mich sofort wieder auf Calebs Smartphone, um die Zwillingsschwestern beobachten zu können. Sie wussten nicht, dass ich sie mittels einer App filmte und die Aufnahmen auf Jades Handy übertrug. Mein eigenes lag im Zimmer und nahm die beiden Schwestern auf. Eigentlich nur deshalb, weil wir die echte Jade davor bewahren wollten, dass Saphira allzu viel redete. »Seitdem wir dieses Motel vor drei Tagen verlassen haben, waren wir nicht mehr getrennt. Bis zu dem Moment, als Jade entführt wurde, können wir uns also sicher sein, die richtige gehabt zu haben und die falsche zuordnen.«

»Und wenn sie von Anfang an die falsche war? Und die ganze Geschichte um den Verrückten eine Lüge?«

»Dann hätte uns die echte Jade das sofort erzählt. Sie hatte genügend Gelegenheiten dazu.«

»Stimmt.«

»Du warst am Friedhof die ganze Zeit mit Jade zusammen, oder?«

»Der Spaziergang? Richtig.«

»Sie ist nicht mal zur Toilette gegangen?«

»Nein.«

»Dann war Saphira bei mir am Wagen, hat sich Klamotten aus Jades Tasche genommen und mich davon abgehalten, noch einmal zu dem alten Haus ihrer Mutter zu fahren.«

»Sehr schlau von ihr, denn dort hätten wir vielleicht die Zwillingssache in Erfahrung gebracht.«

»Richtig. Im Hotel konnte Saphira erst, nachdem wir angekommen waren, in die Suite eindringen. Sie ist zur Rezeption gegangen, hat einen Zweitschlüssel verlangt und konnte uns täuschen. Aber bis auf das Gespräch über die Rückkehr nach New York und das in der Nacht, in der sie bei mir war, war alles echt.«

»Du hast sie nicht eine Sekunde aus den Augen gelassen?«

»Doch, als ich mich rasiert habe. Aber *falls* die Jade, die im Wohnzimmer auf mich gewartet und den Zimmerservice bestellt hat, die falsche gewesen *wäre*, hätte Saphira Jade für diese Zeit beiseiteschaffen müssen. Betäuben, in einem Schrank verstecken ... Das hätte uns die echte Jade im Nachhinein ebenfalls gesagt.«

»Und wenn sie schon in der Nacht entführt worden ist? Wenn sie schon viel länger in der Wüste war?«

Mein Bruder lachte, weil ich genauso wie er alle Möglichkeiten in Betracht zog und uns dadurch noch mehr verwirrte. »Beide haben uns aber etwas anderes erzählt«, sagte

Caleb. »Du warst mit ihr vorgestern Abend alleine in der Dusche. Mit der echten Jade.«

»Ja.«

»Worüber habt ihr da gesprochen?«

»Wir waren beide verdammt müde und ich sauer auf sie.«

»Versuch dich zu erinnern. Das, was ihr dort gesagt habt, kann nur die echte Jade wissen.«

»Okay, lass mir einen Moment, das zu rekonstruieren.«

Wir schwiegen und Caleb nahm das Handy aus meiner Hand, als es vibrierte. Er las die Antwort auf eine Nachricht durch. »Ich weiß jetzt, woher Saphira so viel aus Jades Kindheit weiß«, sagte er tonlos.

»Ja?«

»Sie war den Winter über in Florida, bei Jades Nanny. Silva hat gerade mit ihr telefoniert. Saphira hat sich als Jade ausgegeben und so nach und nach alles erfahren, was sie wissen musste.«

»Aber sie muss sie auch verwanzt haben. Anders kann sie doch gar nicht all diese Dinge in Erfahrung gebracht haben.«

»Ich vermute, sie hat Jades Handtaschen mit Wanzen ausgestattet. So hat sie ziemlich viel mitbekommen. Und zusammen mit ihrem Komplizen William Sinclair hatte sie auch genügend Zeit, alles andere herauszufinden.«

»Saphira ist in das Penthouse der Carpenters eingedrungen?«

»Ja, wie sonst?«

»Gut. Bei nächster Gelegenheit werde ich Susan informieren. Sie soll Jades Zimmer untersuchen. Praktisch, wenn man das halbe FBI New Yorks an der Hand hat, um so etwas zu klären.«

»Wenn Jade eine verwanzte Tasche mit in den BMW genommen hat ...«

»Hat Saphira uns auch während der Fahrt belauscht und konnte uns hinterherfahren.«

»Sie wollte, dass William Jade oder uns alle tötet, um unbehelligt als Jade nach New York zurückkehren zu können«

»Richtig.«

»Gut, dass der Verrückte es nicht getan hat.«

»Ja, wir waren unvorsichtig.«

»Wir haben echt nachgelassen, Bro.«

Caleb und ich lachten, auch wenn es nichts zu lachen gab. Vielleicht ertrugen wir unser Versagen nur mit Humor.

Ich dachte an den Vorfall eben gerade zurück. »Sie hat die Waffe nicht entsichert,«, sagte ich nachdenklich, »spricht klar gegen Jade.«

Mein Bruder betrachtete mich rätselnd. »Das habe ich auch schon überlegt. Die echte Jade hätte nicht gezögert. Im Affekt drückt sie ab. Erinnerst du dich an den Sicherheitstyp, den unser Vater geschickt hat? Den hat sie beinahe getötet, nur weil er auf sie zugegangen ist.«

»Richtig. Und dann die Sache mit der Wüste. Warum sollte uns Saphira überhaupt zu Jade bringen? Das hätte sie nicht tun müssen.«

»Vielleicht, weil es ihr um etwas anderes geht. Vielleicht will sie uns entzweien.«

»Schön, gerade dachte ich noch, ich wäre dahintergekommen ...«

»Ich weiß, wir sind Männer, aber was sagt dir eigentlich dein Gefühl?« Caleb lehnte sich mit dem Rücken an die Veranda des Motels und blickte in Richtung des Zimmers, in dem wir Jade und Saphira allein gelassen hatten.

»Ich habe zu viel Respekt davor, falsch zu liegen.«

Er lächelte versonnen. »Du hast *Schiss*?«

Ich hob eine Braue. »Macht mich das zu einem Softie?«

»Natürlich, Mulvaney.« Er drehte sich herum und stützte sich mit den Unterarmen auf die Veranda. »Eigentlich weiß ich, wer sie ist.«

»Ich auch«, murmelte ich.

»Ich will mir nur hundertprozentig *sicher* sein, und solange du es nicht bist, kann ich nicht damit leben.«

»Hast du mit ihr geschlafen?«

Er richtete sich fassungslos auf. »Was geht in deinem Hirn vor sich? Hast du etwa daran gedacht?«

»Ich würde das niemals tun«, stellte ich klar. »Aber ich habe daran gedacht, denn ich hatte die richtige.«

Caleb legte den Kopf in den Nacken. »Dann sind wir uns also einig. Wir sollten es nicht mit einer weiteren Fragerunde versauen.«

»Ist peinlich, ne? Eine der Jades hat das richtig erkannt.«

Caleb griff sich an den Rücken, holte seine Glock hervor und lud sie durch. »Es ist Zeit, das auf unsere Art zu klären.«

JADE

»Das war eine tolle Show«, sagte ich lobend, sobald meine Schwester zu sich kam. »Ich wäre sogar beinahe dabei draufgegangen, wenn du dich nicht so dämlich angestellt hättest.«

Sie blickte mich aus kalten hellbraunen Augen an. »Ich werde dich noch töten. Du kannst dir sicher sein.«

»Hm. Na ja, gerade scheinst du nicht dazu in der Lage zu sein, oder?«

Die Männer hatten uns an die Heizungsrohre gefesselt, die hier in Utah – weit genug weg von der Wüste Nevadas – stabil genug waren, um uns auszuhalten. Zudem waren unsere Fußgelenke mit Kabelbindern jeweils zusammengebunden.

»Irgendwann wirst du bekommen, was du verdienst«, zischte sie.

»So was würde ich nie sagen. Ich spreche keine billigen Drohungen aus.«

»Sicher?«, fragte sie spöttisch. »Komisch, dass ich es dann getan habe.«

Vor uns lag Landons Handy und nahm unser Gespräch auf. Der Akkustand war niedrig.

»Weißt du ... ich habe mich immer gefragt, wie es gewesen wäre, wenn ich nicht bei meiner ›Mutter‹ aufgewachsen wäre. Bei den Carpenters.«

»Du nervst so.«

»Ich habe mir vorgestellt, wie eine Kindheit mit mehr Liebe, aber weniger Geld wohl so gewesen wäre. Ich dachte echt, ich hätte eines der schlimmsten Schicksale abbekommen. Aber das war sooo First World von mir. Was auch immer man dir angetan hat, es muss schlimm gewesen sein.«

»Hör einfach auf zu reden!«, zischte sie.

Ich betrachtete meine Schwester traurig. Dann ging das Handy aus. »Die echte Jade hätte gewusst, wie man eine Waffe entsichert«, flüsterte ich.

Sie verdrehte die Augen.

»Und die echte Jade hätte sofort geschossen. Jedenfalls, wenn sie so verzweifelt gewesen wäre, wie du geklungen hast. Im Affekt hätte ich keine Sekunde gezögert und schon gar nicht so lange mit den Brüdern geredet, um meine Unschuld zu beweisen. Das war so typisch hollywood-like. Du warst dir unsicher, oder? Spätestens, wenn ich tot bin und sie meine Leiche untersuchen, wissen sie, dass ich die echte bin.«

»Wie?«, fragte sie und wurde plötzlich ganz anders. Ihre Gesichtszüge verzogen sich, ihr Lächeln fiel auseinander und zum ersten Mal sah sie mir nicht mehr ähnlich. Sie musste erkannt haben, dass Landons Handy ausgegangen war und uns nicht mehr aufnahm. »Es gibt kaum eine Möglichkeit, uns zu unterscheiden.«

»Unsere Finger werden irgendwann verheilen.«

»Ach ja? Und woher weiß die Polizei, welche Fingerabdrücke deine sind? Und welche meine?«

»Meine Mom arbeitet beim FBI, sie kriegt das schon hin. Vermutlich hat sie eine ganze Akte über meine Fingerabdrücke anlegen lassen, um im Notfall irgendetwas damit tun zu können.«

»Sicher«, sagte Saphira spöttisch.

»Ernsthaft, warum tust du mir das alles an?«

»Warum sollte ich nicht? Glaubst du, du verdienst dein kleines Paradies in New York? Deine *Mutter*, dein *Erbe*, die *Zwillinge*. Hast du dich eigentlich mal selbst im Spiegel angesehen? Dich bei Twitter verfolgt? Ist dir gar nicht klar, was für eine jämmerliche Schlampe du bist?«

Ich kniff die Augen zusammen. »Twitter. Du beurteilst einen Mensch nach seinen Postings, die er mit der Öffentlichkeit teilt?«

Sie lachte kalt.

»Ich habe immer nur geschauspielert. Aber in echt war mein Leben die Hölle, verstanden? Keine Ahnung, was du dir vorgestellt hast, aber ich bin als Enkelin von Clint Carpenter aufgewachsen. Einem großartigen Gouverneur und einem der lieblosesten Menschen in diesem Land. Für ihn zählen nur Image, Aussehen, Symbole, Werte und Materie. Der *kennt* das Gefühl gar nicht, geliebt zu werden, und so behandelt er auch alle anderen um sich herum. Und meine Grandma? Ich dachte, sie wäre immer nur zu ängstlich gewesen, zu ihrer Liebe für mich zu stehen, aber jetzt weiß ich, dass nicht einmal sie etwas für mich übrig hatte. Und Susan selbst? Sie sah jeden Tag nur ihre verlorenen Söhne in mir und war nicht einmal so gnädig, sich einen neuen Kerl anzuschaffen, der dann als mein Stiefvater wenigstens *irgendein* Familiengefühl hätte vermitteln können. Weißt du, wie meine Geburtstage abliefen? Ich habe circa hundert Geschenke bekommen, aber als ich die Kerzen ausblasen musste, war niemand da! Niemand, verdammt! Ich sag's dir, das bricht das Herz eines kleinen Kindes. Twitter und alle anderen Portale habe ich immer nur mit dem gefüttert, was sowieso nur gesehen werden wollte: die Frau, die sich selbst liebt, weil es sonst niemand tut.«

Saphira hatte mir schweigend zugehört. »Warum erzählst du mir das? Ich weiß das alles.«

»Oh, prima. Na klar, irgendwie musstest du Caleb ja täuschen können. Und seit wann hast du mich beobachtet?«

»Beobachtet?«, fragte sie spöttisch. »Ich habe so viel mehr getan als das.«

»Mhm.«

»Die ganze Zeit haben die Zwillinge versucht, an dich und deine Mutter ranzukommen, dabei war es für mich noch so viel leichter.«

»Hast du dich bei mir eingehackt?«

»Ich war *da*«, flüsterte sie begeistert. »In deinem Zimmer, oder soll ich sagen, in *unserem* Zimmer?«

»Das ist wirklich gruselig. Und was hast du da getan? Kameras aufgestellt?«

»Wanzen deponiert.« Der Wahnsinn blitzte in ihren Augen. »*Überall*.«

»Oh Mann«, seufzte ich und versuchte, ihr einfach nicht zu glauben. Ich soll die ganze Zeit von ihr abgehört worden sein? »Und das seit über einem halben Jahr?«

»Na, ich glaube, dann hättest sogar *du* sie gefunden, oder? Auch wenn du nicht halb so begabt zu sein scheinst wie ich.«

»Sagt die, die abdrückt, ohne vorher zu entsichern.«

»Das war ein Trick«, sagte sie unbeeindruckt.

»Mhm, klar. Also nicht ganz sechs Monate? Nur fünf?«

»Denk dir was aus.«

Ja, gern. »Und wie war *dein* Leben so, dass du es einfach wegwirfst, indem du ein Verbrechen nach dem anderen begehst?«

»Verbrechen?«, fragte sie unschuldig.

»Es ist ein Verbrechen, einen psychisch erkrankten Menschen dazu zu bringen, für einen zu töten, und ihn so verzweifeln zu lassen, dass er sich selbst umbringt! Ja! Definitiv!«

»Ach so ... das. Na ja, Willy war eine große Hilfe, aber mehr auch nicht. Er hat seine Ehefrau der Längsseite nach aufgeschnitten und das Baby aus ihrem Bauch geholt, es in die Badewanne gelegt und die Tür verschlossen, bis es fast verhungert wäre.«

Ich verzog das Gesicht.

»Witzigerweise war er nicht deswegen in der Klapsmühle.«

»Sondern?«

»Nur wegen des Babys. Man hat den Mord jemand anderem unterstellt, ihm dann Unzurechnungsfähigkeit aufgrund des Schocks diagnostiziert und ihn eingewiesen. Es war sehr leicht, ihn zu erpressen, nachdem ich sein Geheimnis herausgefunden hatte.«

»Na, das Kind wird sicherlich auch glücklich aufwachsen.«

»Ja, nicht wahr?« Sie zwinkerte mir zu.

Das sorgte für einen Stich in meiner Brust. Warum war ausgerechnet meine Schwester der schlimmste Mensch auf Erden?

»Und wie war deine Kindheit?«, fragte ich beklommen. *Will ich das wissen?* Es entschuldigte nichts. Sie konnte sich immer gegen das Schlechte entscheiden, stattdessen saß sie weiter hier rum und versuchte, mein Leben zu zerstören.

»Oh, rosig. Ich bin bei unserem Vater aufgewachsen.«

»Und?«

»Und was? War toll.«

»Wie ist ... er so?«, hakte ich zögernd nach.

»Hm. Also sein Schwanz ist ungefähr mit Calebs Größe

zu vergleichen, weißt du. Ich kenne ihn in- und auswendig, mehr weiß ich allerdings nicht über ihn.«

»Hat er …?«

»Hat er was?« Sie lachte spöttisch. »Mit mir geschlafen? Ja, ich habe Caleb verführt, aber ich glaube nicht, dass er das jemals vor dir zugeben wird.«

»Ich rede nicht von Caleb«, sagte ich mit einem dumpfen Gefühl im Magen.

»Oh, von unserem Daddy? Ob er mich vergewaltigt hat? Ach, komm, das wäre ja Zuckerschlecken gewesen. Nein, seine Schwanzgröße kenne ich, weil ich ihn abgetrennt habe, bevor ich seine Eingeweide herausnahm.«

»Boah, du bist echt krass.«

»Man lernt von seiner Umgebung.«

»Und unsere Mom? Hast du sie jemals kennengelernt?«

»Wie denn?! Sie ist doch nach Kalifornien abgehauen. Ich habe Ewigkeiten gebraucht, um sie überhaupt zu finden.«

»Warum hast du sie gesucht?«

»Oah, Jade, echt. Wie kannst du so gar nichts wissen? Was hast du die letzten Jahre eigentlich gemacht, wo du doch ›so unglücklich‹ warst?«

Ich zog meine Beine an, als könne mir das helfen. Sie hatte recht. Wäre ich etwas neugieriger gewesen, hätte ich wie Caleb und Landon in meiner Vergangenheit gegraben, den Fehler in der Lüge meiner Existenz gesucht, hätte ich meine Schwester vielleicht viel früher gefunden – und ihr helfen können, bevor sie so bekloppt wurde. »Ich war nicht so mutig wie du, glaube ich«, gestand ich mir selbst ein.

»Nein, du warst nur nicht so *am Arsch*.«

»Es tut mir leid«, log ich.

»Ich will dein Mitleid nicht.«

»Nur mein Leben.«

»Richtig. Und wenn ich es schon nicht einfach bekommen kann, so habe ich es jetzt wenigstens zerstört.«

»Du kannst es bekommen ... ich meine, du müsstest nur anfangen, ehrlich zu sein, Reue zu zeigen und dann kann sich vielleicht alles noch zum Guten wenden.« *Mhm, wer's glaubt.*

Saphira hob eine Braue und lehnte ihren Kopf an die Heizung. »Schöne Lüge. Du hättest einfach in der Wüste verrecken sollen, *das* wäre sinnvoll gewesen.«

»Ja, mag sein«, sagte ich lapidar. »Du hast es echt versaut.«

»Glaubst du? So wie es gerade für mich aussieht, bin ich doch gut dabei.«

»Ja, toll«, sagte ich abfällig. »Was auf Kosten deiner Schwester geht, die dir *nie* etwas getan hat.«

»Du willst Frieden?«

Ich warf ihr einen kritischen Blick zu.

Sie grinste. »Dann gib mir Caleb.«

»Was?! Warum interessierst du dich für ihn?«

»Ich *kenne* ihn. Und es wird nur eine mit ihm zusammen sein. Ich oder niemand.«

»Ach, komm. Das wird niemals funktionieren. Du hättest mich auch nicht einfach ersetzen können. Du bist eben anders! Ganz anders als ich.« Und psychisch ein bisschen durch.

»Tja, dann stirb halt.«

Ich seufzte.

»Du verstehst dich mit Landon eh viel besser. Ich habe alles mitbekommen. Landon und du, ihr seid zwei eingebildete Egoisten und Caleb ist ...« Sie lächelte in sich hinein. »Auf Dauer wirst du mit beiden unglücklich. Weißt du, einige Zeit habe ich überlegt, euch einfach zu trennen. Ich dachte, wenn Landon mit dir geht und Caleb zurück nach New York kommt, dann hätte jeder das, was er will.«

»Schade, dass wir da auch noch was mitzureden haben.«

»Aber Landon ist so dumm, er würde niemals ohne seinen Bruder irgendwohin gehen.«

»Wie du meinst.«

»Also habe ich Caleb ausgehorcht. Vielleicht wäre er ja mit *mir* weggegangen? Dann hätte ich dich nicht töten müssen.«

Ich lächelte ebenfalls, weil sie Caleb falsch eingeschätzt hatte. Er würde nur dann mit mir alleine weggehen, wenn alles andere Landon und mich unglücklich machen würde. »Aber er wollte nicht«, vermutete ich.

»Das kann sich noch ändern. Er weiß einfach nicht, wie es ist, wenn eine Frau ihn liebt.«

»Das tue ich.«

»Bedingungslos.«

»Mhm, genau.«

»Und nur ihn!«

Ich blickte für einen Moment zur Decke. »Wenn du ihn lieben würdest, würdest du ihm das nicht antun.«

»So wie du ihn liebst und ihm lieber einen bläst, statt ihm von der ›Kamera in eurem Zimmer‹ zu erzählen?«

Ich presste die Lippen zusammen, damit mir ja keine Tränen entwichen. Die Vorstellung, dass sie schon so lange in meiner Nähe war und uns beobachtet hatte, sodass sie sogar Calebs Fragen hatte beantworten können, war schrecklich und zermürbend.

»Ich lüge ihn nicht an«, sagte sie stolz und ließ damit erneut den Wahnsinn durchblicken, der in ihr brodelte. »Ich bin so, wie er mich haben will.«

Die Trauer in meiner Brust kämpfte gegen eine allumfassende Wut. Meine Sehnsucht nach einer Schwester gegen den Wunsch nach Vergeltung und Gerechtigkeit. Ich neigte den Kopf und blickte ihr in meine eigenen Augen. »Du hast das falsch verstanden. Er will die Jade, die manchmal lügt, weil sie wie sein Bruder ist. Er will sauer auf sie sein und ihr zeigen, dass sie gerade nicht die beste Version von sich selbst ist. Er will meine Schwächen und meine Stärken, er will meine Seele und meinen Verstand, und er will das alles mit seinem Bruder teilen. Sie beide *wollen* etwas fühlen, das du nie begreifen wirst. Denn ihnen bedeutet ihre Familie etwas. Und die einzige Möglichkeit, Caleb jemals deine Liebe zu beweisen, wäre, ihn um Verzeihung zu bitten. Dann ist es gut möglich, dass er dich nicht tötet, sondern nur ins nächste Gefängnis bringt. Aber eigentlich hast du keine Chance und wirst niemals eine haben, selbst wenn das zwischen den Brüdern und mir zerfällt. Denn du hast das Heiligste angegriffen, was sie besitzen. Es reicht nicht, uns nur zu stalken oder zu beobachten, um herauszufinden, was uns verbindet. Du hast einfach vergessen, dass es Familienbande gibt, die nicht zerstört werden *können*.«

»Können sie nicht?«, fragte sie mit einem schäbigen Lächeln. »Aber wieso ist es dann so leicht, die Brüder zu Sex zu überreden? Sie würden wohl noch jede ficken, die dir ein bisschen ähnlich sieht.«

»Sie haben nicht mit dir geschlafen.«

»Doch.« Saphira grinste noch breiter. »Nicht nur gestern Nacht, ich habe sie schon in New York verführt.«

Ich versuchte, das nicht an mich ranzulassen.

»Ich weiß, wie es ist, wenn sie einen ›beglücken‹ und einen zu zig Orgasmen bringen. Sie lieben es mit mir genauso wie mit dir, aber sie wollen nur eine von uns und ich bin die bessere Jade.«

»Du bist ja überhaupt keine Jade, deswegen kannst du niemals die bessere sein!«, fauchte ich sie an. Gott, konnte jemand bitte ihr Gehirn säubern?!

»Warum hat Caleb dann gestern Nacht mit mir geschlafen? Er war sich sicher, *die bessere Jade* vor sich zu haben!

Und nicht das nervige Etwas, das du manchmal sein kannst!«

Ich zog an meinen Fesseln, drehte mich im Sitzen um und trat ihr mit meinen gefesselten Füßen mitten ins Gesicht, damit sie endlich ihre dumme Klappe hielt.

Sie schrie wütend auf, versuchte selbst, nach mir zu treten, sodass wir kurz darauf in einen Kampf gerieten. Beide zerrten wir an der verfickten Heizung, bis sie an meiner Seite plötzlich aus der Wand brach. Ein letzter Zug und meine Hände waren frei. Ich sah mich nach einer Waffe um, aber es war nichts in greifbarer Nähe zu finden, also stürzte ich mich mit bloßen Händen auf sie.

Es tat so gut, meine Finger um ihren Hals zu schließen und ihr die Luft abzuschnüren. So verdammt gut, dass ich nicht damit aufhören wollte.

Sie sollte sterben, hier und jetzt in meinem Griff. Dieses ekelhafte Miststück verdiente es keine Sekunde länger zu leben. Sie mochte gelogen haben, sie mochte all den Scheiß erfunden haben. Caleb, den Sex, ihre Kindheit. Aber selbst dann war sie noch immer ein psychisch gestörtes Miststück und ich wollte unbedingt, dass sie unter meinen Händen dafür starb.

Wie in einem Rausch gefangen, nahm ich meine Umgebung verzerrt wahr. Landon, Caleb, die hereinrannten, mir etwas zuriefen, mich schließlich an den Armen packten, mich wegzerrten und es kaum schafften, weil ich wie festgefroren war.

Saphira hatte mein Heiligstes angegriffen. Sie hatte mir die Brüder streitig gemacht. Sie hatte es geschafft, dass sie zweifelten, wer von uns welche war. Und dass ich zweifelte, ob ich ihnen das jemals verzeihen konnte. Saphira hatte alles zerstört.

Und mir war scheißegal, ob sie meine Schwester war.

JADE

Landon wischte mit einem Lappen über mein Gesicht und untersuchte meine Leiste, inwieweit sie beim Kampf verletzt worden war.

Aber ich empfand keinen Schmerz, sondern nur Ekel, weil Caleb mit Saphira dasselbe tat.

»Er soll es sein lassen«, zischte ich. »Er soll sie nicht berühren und nicht auch noch so, als wäre es ihm wichtig, dass es ihr gutgeht.«

Landon ließ von mir ab, weil er offenbar glaubte, die echte Jade wäre niemals so bösartig.

»Ich will nicht, dass es ihr gutgeht!«, erklärte ich ihm. »Du hast nicht mit ihr geredet! Der Akku ist ausgegangen, also wirst du dieses Gespräch niemals hören! Sie ist einfach nur ...«

»Ich verstehe.«

»Nein, tust du nicht!«, rief ich heulend. »Das Problem ist, dass alles, was sie sagt, ich auch sagen würde! Sie ist so ekelhaft, so bösartig, so krank, ich will nicht, dass ihr mich mit ihr verwechselt!«

»Das tun wir nicht.« Caleb ließ von Saphiras Hals ab, die gerade zum Glück noch zu schwach war, um zu reden. »Wir wissen, wer du bist.«

»Was?«, fragte ich erstaunt.

»Ich bringe sie rüber und dann überlegen wir gemeinsam, was wir tun werden.«

»Oh.« Das klang nach einer Lösung. »Okay?«

»Landon, hol die Tüte, die ich heute Morgen mitgebracht habe.«

Sein Bruder richtete sich auf, ging zum Fenster und brachte ihm die rote Plastiktüte, ohne einen Blick hineinzuwerfen.

Caleb holte einen Ballknebel hervor. Aus dem Sex-Shop.

»Wenn ihr mir den in den Mund schieben wollt ...«, begann ich, aber er wandte sich Saphira zu.

»Keine Angst.«

Sie sträubte sich, aber er schnallte ihr den Knebel unerbittlich um. Mit der Tüte in der Hand verließ er mit ihr zusammen den Raum.

»Und wenn sie jemand sieht?«, fragte ich besorgt. »Die Veranda ist vom Parkplatz aus doch einsehbar.«

»Das andere Zimmer ist nebenan, wie du weißt. Ich vertraue Caleb.«

»Und ihr wisst, wer ich bin?«, fragte ich flüsternd.

»Nicht mehr die Jade, für die ich dich mal gehalten habe.«

»Willst du damit andeuten, dass du sie nicht umgebracht hättest? Dass du es *nicht* tun würdest? Dass du ihr nicht am liebsten die Kehle aufschlitzen würdest?«

»Sie ist wie du. Ihr seid beide nicht besonders übel.«

Meine Kinnlade fiel nach unten. »Nimm das sofort zurück oder ich ...«

»Ja?«, fragte er kühl.

Ich atmete heftig. Seine Worte verletzten mich so sehr, dass ich glaubte, innerlich zu zerreißen. »Oder ich will dich nicht mehr«, setzte ich flüsternd an.

»Seien wir ehrlich, Baby.« Er ging vor mir in die Hocke. Meine Hände lagen noch immer in Handschellen, was vermutlich besser für ihn war. »Wenn man ihren ganzen Hintergrund betrachtet ... sie ist einfach ...«

»Ja?«, fragte ich.

»Sie hat nur versucht, deinen Platz einzunehmen, nachdem sie jahrelang leiden musste.«

»Ach so.«

»Sie verdient uns mehr.«

»Das hast du gerade nicht wirklich gesagt.«

»Jade, du wolltest deine *Zwillingsschwester* umbringen.«

»Sie mich doch auch! Sie hat nur die dämliche Waffe nicht entsichern können!«

»Hältst du uns eigentlich für völlig durchgedreht?«, fragte er dunkel. »Ich bin die ganze Zeit mit ihr zusammen gewesen. Und sie war diejenige, die neben mir bei der Tür stand.«

»Sie hat doch ganz andere Klamotten an als ich!«, rief ich kraftlos. »Wie kannst du das jetzt verdrehen?«

»Ich verdrehe nichts«, sagte er kalt. »Wir bringen dich zurück nach New York. Du kannst weiter in deinem Penthouse leben, zusammen mit deiner Mom. Und wir verschwinden.«

»Mit ihr«, kombinierte ich fassungslos.

»Wir haben beide mit ihr geschlafen.«

»Habt ihr nicht!«

»Und es tut mir leid, aber ...«

»Ich will das nicht hören!«

»Es war intensiver. Wir haben mehr Gemeinsamkeiten.«

»Du bist doch ...!« Ich stützte mich mit den gefesselten Händen auf dem Teppich ab, um Schwung zu holen und mich auf ihn stürzen zu können.

Ich kippte gegen ihn, sodass er nach hinten fiel, schlug

ihm mit aller Kraft auf die Brust, so wie es Saphira vorhin bei Caleb getan hatte, und heulte auf. »Du bist so ein Arschloch! So ein Arsch! Ein Arsch!«

Er brach in Lachen aus und hielt meine Hände irgendwann fest. Seine Augen wurden warm und er drehte sich mit mir so, dass ich neben ihm zum Liegen kam. Landon streichelte durch mein feuchtes Gesicht und Haar.

Atemlos, verwirrt und unglaublich ängstlich blieb ich neben ihm liegen. Ängstlich davor, dass seine Worte wahr sein könnten.

Dass er mich verlassen würde.

Sie beide.

Eine Tür ging auf. »Ich dachte, wir hätten uns entschieden?«, fragte Caleb und schloss die Tür hinter sich.

Landon räusperte sich, der Moment zwischen uns zerrann und ich fühlte mich wie ein Häufchen Elend.

»Jade«, begann Caleb und streckte eine Hand aus, um mir aufzuhelfen.

Ermattet griff ich danach. Mir war alles egal. So sehr, dass ich selbst meiner Schwester ein gutes Leben wünschen würde.

»Du weißt, dass wir endlos viel gestritten haben. Die Lügen, all der Mist. Aber nicht du bist diejenige, die sich was vorzuwerfen hat, sondern wir.«

»Kannst du bitte mit der Wand sprechen?«, fragte ich Caleb am Ende meiner Kräfte. »Ich glaube, die interessiert das mehr, wenn ihr Schluss macht.«

»Wir machen nicht Schluss«, sagte er sanft. »Wir wollen, dass du glücklich bist. Und das kannst du mit uns nicht.«

Ich sah ihn an, als wäre er der Osterhase. »Nein, ich war die ganze Zeit über todunglücklich, gut, dass du mich daran erinnerst.«

»Außerdem ist Saphira …«

»Du brauchst es nicht zu wiederholen, das hat Landon schon getan!«

»Wir wollen dich nicht unnötig verletzen, aber wir können uns auch nicht gegen unsere eigenen Gefühle stellen. Und dass wir zu viert zusammen sind, ist für dich sicher keine Option, oder?«

Mir entwich ein hysterisches Lachen. »Kann ich mich der Polizei stellen?«

Die Brüder tauschten einen Blick aus.

»Dann ist es vorbei. Ich nehme alles auf mich. Den Mord an meiner Mom. Und ... ich weiß auch nicht, eben alles, was sie getan hat. Ich glaube, das Gefängnis ist jetzt der richtige Ort für mich.«

»Das ist doch Quatsch. Saphira hat ihre Mutter nicht umgebracht. Es war ein Unfall. Das werden wir leicht beweisen können.«

Ich sah Caleb in seine grünen Augen und zuckte schließlich mit den Achseln. »Okay.« Kraftlos setzte ich einen Schritt nach vorn, sodass ich gegen ihn stieß und er mich auffangen musste. Als seine Hände sich um meine Oberarme schlossen, reckte ich mich nach oben zu seinen Lippen. Er zögerte, wich sogar zurück, aber ich ließ es nicht zu, dass er mir diesen Kuss stahl.

Sehnsüchtig berührte ich ein letztes Mal seine Lippen. Suchte seine Zunge. Und spürte, dass er es nicht mehr wollte.

Dass er sich zurückhielt. Dass ihm nichts an unserem Kuss gefiel.

Tränen liefen über mein Gesicht, aber ich gab nicht auf, griff blind nach Landons Sweatshirt, löste mich von Caleb und küsste auch ihn.

Aber auch Landon ließ es nur geschehen, ohne den Kuss zu erwidern.

Ohne ihn zu schmecken, zu fühlen, zu verstärken.

Der Schmerz in meiner Brust wucherte sich durch alles und meine Beine gaben nach. Ich sank zu Boden und heulte.

Heulte wie noch nie zuvor in meinem Leben. Nichts konnte mich trösten. Kein einziger rettender Gedanke kam mir. Ich war am Boden angekommen und wollte noch tiefer, so tief in das schwarze Loch hinein, damit der unendliche Schmerz endlich aufhörte.

Es endlich stoppte.

Und ich wieder atmen konnte. Wieder existieren konnte. Denn das hier, das war schlimmer als der Tod.

Die Brüder blieben im Zimmer und warteten ab. Sie ließen Zeit verstreichen, die mich quälte. Während mein Herz innerlich verblutete, wenn ein Herz das überhaupt kann, strömten die Gedanken durch meinen Kopf.

Immer wieder suchte ich nach einem mächtigen Gedanken, der stark genug war, mich aufzurichten.

Irgendwann fand ich ihn. Es war die Erkenntnis, dass ich wenigstens für ein paar Tage glücklich gewesen war. Dass mir wenigstens für ein paar Tage das Glück vergönnt war, sie für mich zu besitzen. Ihre Küsse, ihr Lächeln, ihre Zärtlichkeiten. All die Witze, all das Zusammenspiel, all die Nähe, die Gespräche, das Beisammensein.

Meine Tränen wurden nicht weniger, als ich daran zurückdachte, aber ich spürte, dass ich Kraft hatte weiterzuleben. Denn allein die Erinnerung an die Brüder machte mich stark. Würde mich auch zukünftig stark machen, selbst wenn die Trauer mich ständig begleitete.

»Geht es wieder?«, fragte Landon und griff nach meinem Unterarm, um mir aufzuhelfen.

Allein seine Frage brachte mich noch mehr zum Heulen.

»Wir müssen dich fesseln, Jade, bevor wir deine Mutter

anrufen, damit sie dich abholen kann. Wir können dich nicht frei im Zimmer lassen, ohne dich zu bewachen.«

Meine Atmung ging ruhig. Plötzlich war jeder Schmerz verschwunden, ich fühlte nur Leere. Allumfassende, unendlich wirkende Leere.

»Okay«, stimmte ich zu.

»Wir können nicht riskieren, dass du dir etwas antust«, sagte er zärtlich. »Oder abhaust.«

»Oder dich der Polizei stellst«, ergänzte Caleb.

»Okay.« Dass sie mit mir sprachen, als wären wir Freunde, machte alles nur noch schlimmer. Oder auch nicht. Die Leere jedenfalls gähnte in mir, breitete sich immer weiter aus.

»Wir fesseln dich auf dem Boden vor dem Bett, dann kannst du fernsehen, wenn du willst.«

»Super.«

Die Brüder schmunzelten, aber nicht, weil sie mich niedlich fanden. Oder süß. Sondern einfach so. Weil sie das eben oft taten.

Sie öffneten die Handschellen und schlossen sie an den Bettrahmen. Dazu kam ein Bondage-Halsband aus Calebs Tüte, mit dem sie mich am Bettrahmen fixierten. Die Kabelbinder um die Füße besserten sie noch einmal nach.

»Geht es so einigermaßen?«, fragten sie sanft.

»Klar«, sagte ich schwach.

Sie richteten sich auf und gingen zur Tür.

Ich hatte meinen Blick auf den Türknauf gerichtet und nun füllten sie mit ihren schlanken, trainierten Rücken das Bild. Ich war zu faul, um wegzusehen.

Dann endlich verstand ich.

»Ihr habt geblufft.«

Sie drehten sich um. Ihre Mienen in undurchschaubare Masken gehüllt.

»Das alles ist ein Bluff? Ihr wisst gar nicht, wer ich bin?«

»Mach es nicht noch schlimmer, als es ist.«

»Schlimmer?«, fragte ich krankhaft lachend. »Ihr habt gerade mein Herz herausgerissen und ich war so dumm, darauf hineinzufallen! Ihr habt geblufft, denn weil ihr nicht wisst, wer ich bin, habt ihr mich so halbherzig geküsst! Um mich nicht zu verletzen, falls es die Falsche gewesen wäre!«

Die Brüder seufzten und verließen den Raum.

»Ihr habt geblufft!«, rief ich ihnen hinterher. »Und wenn nicht, hoffe ich, dass Saphira euch umbringt! Sie ist nämlich die einzige Killerin in diesem Motel!«

Sie hörten mich nicht mehr. Vielleicht hätten sie mich doch knebeln sollen. Aber vielleicht auch nicht. Sie wussten, dass ich ihnen keine Schwierigkeiten bereiten würde, weil ich es nicht ertragen konnte, wenn ihnen etwas zustieße.

Egal, wie sehr sie mich verletzten.

CALEB

Es dämmerte bereits, als ich eintrat. Sie saß am Bett, wie ich sie verlassen hatte, und sah damit ihrer Schwester ähnlicher denn je.

Vorsichtig nahm ich ihr den Knebel ab.

»Entschuldige, Prinzessin, dass das nötig war«, raunte ich sanft und löste auch das Halsband.

»Caleb?«, fragte sie matt.

»Ja«, erwiderte ich ruhig.

»Ich habe alles gehört«, sagte sie hauchend.

Scheiße. »Du solltest das nicht anhören müssen.«

»Aber ihr wart großartig. Heißt das, du liebst mich?«

Ich legte eine Hand an ihre Wange. *Improvisation.* »Ich liebe dich. Tut mir leid für all diese Dinge.«

Glücklich lächelte sie und schmiegte sich in meine Hand. »Ich liebe dich auch«, flüsterte sie. »Ich habe das alles nur für dich getan.«

Die Bewegung meines Fingers stoppte. »Für mich?«, fragte ich dunkel.

»Damit wir zusammen sein können.«

»Nur wir zwei.«

Sie strahlte. »Ja.«

»Was genau hast du getan?«

»Es ausgehalten.«

Es ausgehalten. »Du hast so viel auf dich genommen …«, säuselte ich. *Komm schon, gib mir einen Beweis. Verrate dich.*

»Ja, das habe ich. Weil ich dich liebe.«

»Wie lange schon?«

»Seitdem ich dich das erste Mal sah. Auf der Party.«

»Aber ich war maskiert.«

»Nicht, als du mit deinen Männern aus dem Van gestiegen bist. Ich war da und habe das Hochhaus und die vielen Gäste, die hineingegangen sind, beobachtet. Und da kamst du. Ich werde nie vergessen, wie es war. Wie dein Blick flüchtig über mein Versteck glitt … Wirst du mit mir weggehen?«

Fuck. »Überall hin, wo du willst.«

»Und dein Bruder?«, fragte sie. »Warum hat er Jade gesagt, ich hätte mit ihm geschlafen? Das habe ich nicht!«

Blut rauschte mit voller Wucht durch meinen Körper. *Da ist der Beweis.* »Er hat geblufft«, flüsterte ich. »Er will es ihr leichter machen.«

»Er ist auch ein guter Mensch.«

»So wie du, kleine Prinzessin. Ich bin verdammt froh, dass wir dich aus der Wüste gerettet haben.«

Saphira schluchzte.

»Ich will, dass du mir einen bläst.« Langsam richtete ich mich auf und griff an meinen Gürtel.

»Jetzt?«, fragte sie erstaunt.

»Ich will endlich deinen Mund ficken, wie ich es mir schon die ganze Zeit ausgemalt habe.«

Ihre Wangen liefen rot an. »Ich mache alles für dich.«

»Ich weiß«, raunte ich und öffnete meinen Gürtel. »Deswegen will ich dich. Nur dich.«

»Ich will dich auch«, hauchte sie.

»Mach den Mund auf.«

Sie gehorchte.

»Schließ die Augen.«

Sie gehorchte.

»Und jetzt sag mir, warum ich es nicht tun sollte.« Mit voller Wucht rammte ich ihr den Lauf meiner entsicherten Waffe in den Mund.

Saphira riss die Augen auf, schrie erstickt.

»Ich an deiner Stelle würde mich nicht bewegen, denn ein Fingerdruck genügt und dein Gehirn wird zerfetzt.«

Tränen quollen aus ihren Augen.

Ich hatte so unendliche Lust, ihr die Kugel ins Gehirn zu jagen. Noch nie zuvor war die Mordlust größer gewesen. All die anderen Tode? Jobs, die nötig waren.

Das hier. Sie hier. Weckte meinen dunkelsten Trieb.

»Cal.«

Mein Bruder.

»Cal, sollten wir das nicht lieber *ihr* überlassen?«

Mein Atem ging schwer, meine Wut kochte über. Ich wollte diese kleine Fotze für alles bezahlen lassen. Für ihren Wahnsinn, für ihren Hass, für ihre Folter. Dass sie eingedrungen war und die einzige Person zugrunde gerichtet hatte, die mir neben meinem Bruder etwas bedeutete.

Ich wollte sie aufschlitzen. Ihren Hals mit Zement füllen. Ich wollte ihre Augen aushöhlen und jeden einzelnen Fingernagel in minimalistischer Kleinstarbeit entfernen.

Und dann wollte ich, dass sie nicht länger ein Monster aus mir machte.

Ich zog die Waffe aus Saphiras Mund und legte sofort eine Hand auf ihre Lippen, bevor sie schrie.

»In Ordnung«, sagte ich gepresst. »Aber sie wird sterben. Keine Chance. Ich werde sie nicht der Justiz überlassen. Mir fehlt das Vertrauen, dass sie sie lange genug wegsperren.«

»Ganz meine Meinung. Nur vielleicht ... gibt es da noch

andere Wege, als dein Karmakonto weiter zu belasten.« Mein Bruder brachte es fertig zu grinsen und hob die Tüte aus dem Sexshop an. »Wir haben noch so einiges Spielzeug über. Fesseln wir sie ans Bett und betäuben sie fürs Erste. So können wir uns rausreden, dass es um ein Sexspiel gegangen ist, sollte sie zufällig jemand finden.«

»Du planst offenbar, sie eine Weile allein zu lassen?«

»Ja, so ein bisschen sanfte Folter ...«

Wir warfen uns einen Blick zu und konnten endlich wieder lachen.

Ich hatte auf dem Weg hierher mittels Silva Baresis Kontakten Chloroform besorgt, das ich Saphira nun vor die Nase hielt. Machtlos atmete sie es ein und sackte zusammen.

Wir trugen sie aufs Bett, fesselten sie mit ausgestreckten Armen und Beinen, knebelten ihren Mund, setzten ihr eine Augenbinde auf und legten ihr auch noch das Halsband um. Am Ende hätte sie nicht mal mehr ihren Kopf neigen können, wenn sie gewollt hätte.

»Damit wäre das BDSM-Spielzeugthema für uns erledigt«, sagte Landon, als er unser Werk betrachtete. »Diesen Anblick werde ich immer mit Saphira verbinden, ganz gleich, wie sexy Jade sich dabei anstellt.«

»Wir werden noch einige Zeit versucht sein zu glauben, sie würde uns nur etwas vorspielen.«

»Falls sie uns überhaupt noch will.«

»Sprich nicht meine verfickten Ängste aus. Bist du bereit, dich ihr zu stellen?«

»Bereit, wenn du es bist.«

JADE

Als die Brüder zurückkamen, verschlossen sie besonders achtsam die Tür. Sie zogen die Vorhänge zu und kamen anschließend auf mich zu.

Landon reichte Caleb einen Schalldämpfer, welchen er auf seine Pistole schraubte. Panik entstand in mir. Wollten sie mich etwa ...?

Währenddessen schloss Landon meine Handschellen auf, löste die Kabelbinder und das Halsband.

Ich wagte es nicht, zu sprechen.

Erst als Caleb sich vor mich setzte und mir die Waffe mit dem Griff hinhielt, lachte ich verunsichert.

»Was soll ich damit?«

»Nimm sie.«

Zögernd griff ich danach und umschloss sie mit meinen Fingern.

»Wenn du uns erschießen willst, weil wir so dumm waren, auf deine Schwester reinzufallen, wäre das der ideale Moment.«

Mein rechter Mundwinkel zuckte, aber ich blieb ernst. »Und dann euretwegen auch noch für Jahre ins Gefängnis gehen?«

»Wir können Abschiedsbriefe schreiben, damit es wie ein doppelter Selbstmord aussieht«, schlug Landon vor.

»Nein, wenn ich euch erschieße, dann soll die ganze Welt erfahren, wie unfähig ihr wart und was der Grund ist.«

»Dann nur zu«, sagte Caleb ruhig.

»Heißt das, ihr habt es endlich gecheckt?«, fragte ich noch immer verunsichert.

»Na ja, wir könnten behaupten, wir hätten die ganze Zeit über eine Ahnung gehabt ...«

»Und wären uns eigentlich immer sicher gewesen, welche von euch wir mögen und welche nicht ...«, ergänzte Landon.

»Und wir könnten dir sagen, dass uns unsere Instinkte geleitet haben ...«

»Oder unser Scharfsinn.«

»Oder wir geben einfach zu, dass sie sich erst verraten musste.« Caleb lächelte entschuldigend.

»Gott, ich liebe euch zwei Idioten so endlos sehr.« Ich ließ die Waffe fallen und schlang meine Arme um Calebs Hals. Ich presste mich an ihn, ließ ein paar kräftige Schluchzer kommen und mich von seiner streichelnden Hand auf meinem Rücken beruhigen.

Nach einer ganzen Weile kniete Landon sich dazu. Ich ließ mich nach hinten an seine Brust fallen und von seinen Armen umschließen, während Caleb sich vorbeugte, meine angewinkelten Beine umgriff und seinen Kopf auf meine Knie stützte.

Ich schloss die Augen und ließ alle Tränen noch einmal zu. Tränen der Angst, Tränen der Erschöpfung und Tränen der Glückseligkeit.

»Ich habe jetzt eine unendliche Anzahl an Wünschen frei, oder?«, flüsterte ich schließlich und öffnete die Augen wieder.

»Unendlich viele«, sagte Landon, legte seine Lippen auf mein Haar und streichelte meine Arme. »Obwohl ... vielleicht nicht vierundzwanzig Stunden am Tag.«

»Was soll das heißen?«, fragte ich ihn gespielt wütend.

»Mein Bruder will sich seine Männlichkeit bewahren, die wir bedauerlicherweise verloren haben«, sagte Caleb schmunzelnd und legte seinen Kopf schief. »Wieso hast du ihm eigentlich geglaubt?«

»Was geglaubt?«

»Dass wir uns für die verrückte Version von dir entschieden haben. Wir dachten, wenn wir das der echten Jade vorspielen, wird sie uns auslachen.«

»Weil Landon manchmal wirklich so dumm ist!«, verteidigte ich mich scherzend.

»Hey!«, sagte er und griff an mein Kinn, um es zu sich hochzuziehen. »Weißt du, dass wir ein paar völlig neue Seiten an dir kennengelernt haben?«

»Allein die Flucht aus der Wüste. Wir konnten bis zuletzt nicht glauben, dass du es ohne unsere Hilfe geschafft hast«, sagte Caleb ironisch.

»Ihr seid eben furchtbar arrogant und eingebildet«, triezte ich sie.

»Oder deine vielen ironischen Kommentare.« Landon streichelte mit dem Daumen über meine Lippen. »Ich hätte wirklich Schwierigkeiten gehabt, wenn sie nicht von dir gekommen wären.«

»Die ganze Situation konnte man ja nur mit schwarzem Humor ertragen!«

»Oder dein Würgeangriff. Auf sie schießen, ja, vielleicht, aber das eigene Spiegelbild mit bloßen Händen umbringen wollen ...«

»Ihr habt sie nicht reden gehört. Sie war einfach ...«

»Doch, haben wir«, erinnerte mich Caleb schmunzelnd. »Ich hätte ihr gerade beinahe eine Kugel in den

Kopf gejagt, also weiß ich, was du empfunden haben musst.«

»Ist sie nicht tot?«, fragte ich überrascht.

»Darum die Waffe«, erklärte er. »Du solltest entscheiden, was mit ihr geschieht. Wenn du sie töten willst, ist es dein gutes Recht.«

»Wie hat sie sich verraten?«

»Wir wollten eigentlich dieselbe Show noch mal abziehen, aber sie hat jedes Wort von unserem Gespräch zuvor gehört.«

»Was daran liegen mag, dass du nicht gerade leise geweint hast«, ergänzte Landon. *Geweint, süß. Ich habe mir die Seele aus dem Leib geheult!* »Sie hat Caleb ihre Liebe gestanden und geglaubt, er würde daraufhin mit ihr durchbrennen.«

»Sie hat ihm als Saphira ihre Liebe gestanden? Und was habt ihr *eigentlich* erwartet, was sie tun wird?«

»Wir dachten, wir schlagen sie mit ihrer eigenen Waffe«, sagte Caleb. »Indem wir ihr vorspielen, wir hätten sie als echte Jade enttarnt und würden uns für die andere Jade entscheiden, hätten wir ihre Wut und ihren Wahnsinn geweckt.«

»Vermutlich wäre sie ausgerastet«, überlegte ich laut.

»Niemand hat sich so sehr unter Kontrolle«, bestätigte der andere Zwilling.

»Hm. Warum auch musstet ihr sie unbedingt aus der Wüste retten? Ihr habt mir das alles nicht zugetraut«, stellte ich fest. »Ihr denkt, ich wäre ein hilfloses, schwaches Mädchen, das nichts gebacken kriegt.«

»Nein, Baby«, sagte Landon grinsend, »das ist nur unser Hero Instinct. Wir wollen, dass du auf uns angewiesen bist.«

»Sieht man ja, wozu das führt!« Ich lachte und sie stiegen mit ein.

Dann legte ich endlich meine Hand in Landons Nacken und zog ihn zu mir herunter. Er küsste mich, echt, leidenschaftlich, zaghaft und liebevoll. Ich ließ ihn los, legte meine Hände an Calebs Wangen und küsste auch ihn.

Er schmeckte nach Rauch und zu viel Kaffee, aber alles das war mir egal.

Er küsste mich, er vereinnahmte mich, er gab mich zurück an seinen Bruder.

Und für eine Ewigkeit saßen wir einfach nur da, am Boden des Motelzimmers, wo unser Roadtrip gestartet hatte, und genossen die Ruhe des Moments.

Ich genoss ihn jedenfalls.

Ich genoss unseren Sieg.

JADE

»Ich möchte bitte eine große Portion Spaghetti, Pizza mit extra viel frei gelassenem Rand, eine riesige Portion Pommes, eingelegte Oliven und einen Salat ohne Gurken.«

»Und für wen möchtest du das alles?«, fragte Caleb interessiert.

»Für mich. Ich habe unendlich viele Wünsche frei.«

Die Brüder lachten und Landon stand auf, um die Bestellung aufzugeben.

Er kam mit drei großen Biergläsern zurück.

»Auch ein geheimer Wunsch von mir«, gestand ich ihnen, nachdem ich ein Drittel des Glases mit wenigen Schlucken geleert hatte. »Ich war wirklich neidisch auf euren Männerabend und das Yankees-Spiel.«

»Du hast nichts verpasst«, sagte Landon und legte wieder einen Arm um mich. »Also, wie lautet euer Plan?«

»Unserer?«, fragte Caleb.

»Ich will Saphira nicht am Leben lassen, wenn uns das noch einmal passieren kann«, gab ich offen zu.

»Nicht so laut«, raunte Landon. »Ich bin eurer Meinung. Aber um das zu verhindern, müssen wir sie nicht gleich abknallen und zu Mördern werden.«

Caleb hob beide Brauen.

»Ja, verdammt! Ich habe keine Lust mehr aufs Versteckspielen.«

»Du arbeitest beim FBI«, erinnerte Caleb seinen Bruder trocken. »Wir müssen nur so tun, als würde Saphira fliehen, und du schießt auf sie, weil sie nicht stehen bleiben wird. Das ist nicht mal illegal.«

Landon hob seine Brauen noch höher. »Was daran nicht illegal ist, wenn ich eine Flucht vortäusche, um eine Zielperson erschießen zu können, müsstest du mir noch mal erklären.«

Caleb stöhnte.

»Wir müssen etwas Unverwechselbares auf ihre Haut ... brennen«, überlegte ich. »Eine Wunde, die schwer verheilt. Oder wir schneiden ihr den kleinen Zeh ab oder so.«

»Und falls sie dann wieder aus der Klapsmühle freikommt, schneidet sie *dir* erst mal einen Zeh ab, damit man es nicht merkt?«, fragte Caleb kritisch. »Nein. Wenn überhaupt, geht nur ein aufwendiges Tattoo. Aber ich kenne nicht besonders viele Tätowierer, die eine Frau stechen, wenn sie betäubt ist.«

»Oder wir implantieren ihr einen Chip«, schlug Landon vor.

»Den sie sich dann raustrennt«, sagte Caleb.

»Dann implantieren wir Jade einen!«

»Ich glaube, um wirklich sicherzugehen, müssten wir alles davon machen«, seufzte ich.

»Na, dann haben wir ja noch einiges vor uns, bevor wir sie den Cops übergeben«, sagte Landon scherzhaft. »Eine Frage habe ich noch ...« Er warf seinem Bruder einen Blick zu und dieser nickte.

»Okay?«, sagte ich, nicht sicher, was jetzt kommen würde.

»Warum verzeihst du uns so schnell? Das ist auch ziemlich untypisch für dich.« Landon fuhr mit einem Finger nachdenklich über meinen Handrücken. »Weißt du, Babe, nicht, dass wir noch zweifeln würden, aber was zur Hölle findest du an uns geil, jetzt, wo wir bewiesen haben, dass auch wir Loser sein können?«

»Dass ihr es bewiesen habt«, erklärte ich ihnen lächelnd. »Wenn ihr die absoluten Übermenschen wäret, würde ich mich auf Dauer neben euch schlecht fühlen.«

»Hey!«, beschwerte er sich prompt. »Niemand hat gesagt, dass *ich* nicht der absolute Übermensch bin ...«

Caleb holte mit dem Arm um meinen Kopf herum aus und schlug seinem Bruder in den Nacken. »Spinner. Er will sagen, dass wir dich nicht verdient haben, Jade.«

Landon grinste. »Nee, das wollte ich ganz sicher nicht sagen.« Er beugte sich zu mir vor und küsste mich an meinen Mundwinkel. »Also verzeihst du uns, weil du dich dadurch erhaben fühlen kannst?«

»Ich liebe euch einfach, du Trottel, was soll ich machen?«, sagte ich lachend und küsste ihn richtig. Es war so wundervoll, seine Lippen zu schmecken, seine Zunge zu berühren und ganz in dem Strom zu versinken, den das Glück, sie wiederzuhaben, in mir auslöste.

Als Landon Abstand nahm, lächelte auch er. »Es guckt gerade niemand, Baby, willst du rüberrücken?«

»Was?«, fragte ich irritiert, doch Caleb hatte schon nach meinem Arm gegriffen und zog mich über die Eckbank an seine Seite.

»Es wird nicht auffallen, dass du zuvor bei Landon gesessen hast«, raunte er und begann, an meinem Ohr zu knabbern. »Die Leute werden glauben, dass sie sich täuschen.« Er wanderte mit den Lippen tiefer, bis zu meinem Hals.

»Caleb«, stöhnte ich und krallte mich an der Tischplatte fest. »Gönn mir doch erst mal eine Dusche und Essen und Schlaf …«

»Ist das etwa ein Wunsch?«, fragte er leise und bearbeitete meinen Hals weiter. Fest griff er mit der anderen Hand hinein und dehnte ihn nach oben, um ihn noch besser mit den Lippen erreichen zu können.

Ich seufzte und gab mich ihm hin.

»So viele Wünsche brauchst du gar nicht, Süße, wir würden sie dir eh erfüllen.« Er wanderte hoch zu meinen Lippen und erstarrte kurz vor ihnen. Dann ließ er mich abrupt los und griff sich an den Rücken. »Ihre Tür.«

»Was?!« Landon fuhr herum. Wir hatten uns in dem Bistro gegenüber dem Motel absichtlich so hingesetzt, dass wir Saphiras Zimmer ununterbrochen im Blick hatten – zumindest Caleb, der mit der Sicht Richtung Fenster saß.

»Sie ist offen.«

Die Waffen im Anschlag behielten mich die Männer eng zwischen sich und erklommen die Treppe zum ersten Stockwerk des Motels.

»Hat sie denn überhaupt eine Waffe?«, fragte ich.

»Dass sie keine hat, bedeutet nicht, dass sie sich keine besorgen kann«, erwiderte Caleb gepresst.

Landon ging vor und erreichte als Erster ihr Zimmer.

Er verschwand nach drinnen und Caleb und ich folgten.

Zügig schloss Caleb hinter uns die Tür, Landon überprüfte das Badezimmer und sah unter dem Bett nach.

Saphira war weg.

CALEB

»Wie unfähig sind wir eigentlich?«, fragte Landon brummend und untersuchte die Spuren rund ums Bett.

»Sie hatte Hilfe.« Ich zeigte ihm die durchtrennten Handschellen. »Jemand war hier und hat sie befreit.«

»Ein Komplize.«

»Ihr verdammter Komplize ist tot!«

»Und wieso denken wir, dass sie nur einen hatte?«

»War das vorher auch schon hier?«, fragte Jade und zeigte auf ein Handy, das einsam auf dem Tisch lag. Ich griff danach.

»Cal, das könnte der Auslöser zu einer Bombe sein«, warnte mich Landon.

Aber er sah nicht wie ich die Nachricht auf dem Display.

Wir haben sie.

Ohne zu zögern, rief ich die einzige Nummer an, die im Telefonbuch gespeichert war.

»Ciao, Caleb«, säuselte eine Stimme, die mir vertraut vorkam. »Du bist leider etwas zu spät für dein perverses

Sexspiel. Wir haben sie. Wir haben deine kleine Freundin und so, wie sie aussah, steht sie offenbar auf das, was wir mit ihr vorhaben.«

Die Branco-Brüder. Jedenfalls die zwei, die noch übrig waren. Ich hatte sie bei all dem Scheiß, der passiert war, ganz vergessen. »Wie habt ihr herausgefunden, wo wir sind?«, fragte ich höflich.

»Hast du gedacht, du kannst einfach aus New York abhauen? Es war nur eine Frage der Zeit, bis wir dich kriegen.«

»Schon klar. Und da dachtet ihr, fahrt ihr einfach mal ziellos durch Nordamerika –«

»Deine kleine Freundin gab uns den entscheidenden Hinweis. Sie rief auf meinem Handy an und hat nach dir gefragt.«

»Und wieso sollte sie das tun?«

»Sie hat dich gesucht. Wir boten ihr an, ihr zu helfen, und sie nannte uns die Adresse dieses schäbigen Motels. Wir mussten dann nur noch darauf warten, dass ihr irgendwann da auftaucht«, erklärte er mir redselig.

»Ihr habt die ganze Zeit hier gewartet?«, fragte ich erstaunt. Sie waren ja noch nie besonders talentiert gewesen.

»Nein, Mann. Timothy hat uns heute Morgen 'nen kleinen Freundschaftstipp gegeben, als du das Chloroform bei ihm gekauft hast.«

Scheiße. »Ist er tot?«

»Hm, sagen wir, deiner kleinen Freundin geht es *noch* besser. ... Komm in den Paskay Drive 4280 in Salt Lake City. Komm allein. Dann lassen wir sie gehen.«

Ich überlegte einen Moment. Landon und Jade blickten mich fragend an. »Nein, danke. Ich verzichte«, sagte ich und legte auf. »Sie haben Saphira«, erklärte ich feixend. »Und denken, es sei Jade.«

»Wer sie?«, fragte mein Bruder.

»Die Brancos. Antonio und Vanni. Sie wollen Rache für den Tod von Mike und Giu. Leider haben sie sich ausgerechnet die Falsche ausgesucht.«

Landons Mundwinkel spannten sich zu einem Feixen auseinander. »Genial.«

»Werden sie sie töten?«, fragte Jade.

»Vermutlich. Sie werden sie foltern, mich wieder anrufen, mich die Schreie hören lassen und wieder auflegen. Wenn ich sie lange genug nerve, werden sie sie vermutlich auch töten.«

»Wenn du da auftauchst, töten sie sie in jedem Fall«, sagte Landon.

»Selbstverständlich.«

»Und nun?«, fragte Jade.

»Packen wir unsere Sachen, verlassen diesen verdammt beschissenen Ort und übergeben die Sache dem FBI«, erklärte ich.

»Das wird Silva Baresi vielleicht auffliegen lassen. Die Branco-Brüder wissen doch einiges über ihn, richtig?«, fragte Landon.

»Unser Vater wird das verkraften. War da nicht eh die Andeutung von einem Ruhestand? Immerhin kann er sich kaum von unserer Mutter trennen.«

»Ist es schlimm, dass ich ein bisschen Mitleid habe?«, fragte Jade später, als wir im Auto saßen und Landon losfuhr.

Ich legte ihr mein Handy in die Hand. »Es ist deine Entscheidung. Je früher du das FBI rufst, desto eher endet es. Wenn die Brancos die Polizeisirenen hören, werden sie Saphira erschießen und abhauen. Sie sind dumm und glauben, entkommen zu können.«

»Es ist also schwierig, das Leben meiner Schwester zu retten.«

»Verdammt schwierig.«

»Hättet ihr es geschafft, wenn ich es gewesen wäre?«

»Mit ein bisschen Zwillingseinsatz und einem guten Plan? Vermutlich schon.«

»Und wenn ihr das tun würdet ...«

Ich hob eine Braue. »Okay, niemals.«

Jade seufzte. »Sollte sie überleben, eingesperrt werden und doch wieder freikommen ... wird sie sich wieder rächen wollen, oder?«

»Süße, selbst wenn du mich anflehst, würde ich niemals das Leben meines Bruders und mein eigenes riskieren, um sie zu befreien. Sie hat sich da selbst reingebracht, indem sie die Branco-Brüder überhaupt kontaktiert hat. Vermutlich, um uns auszuschalten, da sich ihr Komplize William Sinclair als zu widerspenstig entpuppt hat. Sie erhält nur die Strafe, die sie verdient.«

»Sie hat meine Mutter in Kalifornien getötet«, wisperte Jade. »Dort gibt es die Todesstrafe. Sie wäre also so oder so ...« Jade reichte mir das Handy zurück. »Ich möchte es nicht entscheiden. Ich möchte dir das in die Hand geben. Wenn ich das FBI rufe, habe ich das Gefühl, einen Abzug zu drücken.«

»Bist du dir sicher?«

Sie legte sich seufzend auf die Rückbank und bettete ihren Kopf auf meinen Schoß. »Vielleicht geht es auch schief. Ich schätze mal, Saphira wird nicht aufhören zu beteuern, dass sie nicht die wahre Jade ist, sondern meine Schwester. Vielleicht glauben sie ihr. Oder sie befreit sich auf anderem Wege.«

Ich lächelte und streichelte durch ihr Haar. »Eine Frau, die eine Waffe nicht zu entsichern weiß? Niemals. Mach die Augen zu, Prinzessin. Mein Bruder und ich werden uns darum kümmern.«

»Das wollte ich hören«, seufzte sie, kuschelte sich an mein Bein und schlief nach wenigen Minuten ein.

JADE

Drei Wochen später

Als ich an diesem Abend vor dem Spiegel stand und mir die Lippen nachzeichnete, überlegte ich lange, was ich in meine Tasche tun sollte. Wie meine Lippen am späteren Abend aussahen, war mir egal, weshalb ich nicht unbedingt einen Lippenstift brauchte. Ein Kondom war ebenfalls überflüssig. Mein Handy? Nö. Make-up? Nö. Verdammt, wozu brauchte ich eine Handtasche?

So wie früher auch benötigte ich nicht einmal Geld, denn mir würde von den Brüdern alles bezahlt werden, wenn ich nur wollte. Begab ich mich damit in eine Abhängigkeit?

Nein. Denn abhängig wäre ich nur dann, wenn ich für das Geld Dinge leisten müsste wie für meinen Großvater.

Ich ließ die Handtasche zurück, als ich das Badezimmer verließ. Früher mein einziger Rückzugsort, fühlte es sich jetzt wie ein Fenster in mein altes Leben an. Ich war mehr als mein Zimmer, mehr als das, was sich darin befand. Ich konnte überall hingehen.

Die Tür zu meinem goldenen Käfig stand endlich offen.

Als ich die Hand auf das Geländer der geschwungenen

Treppe legte und meinen Gang nach unten begann, dachte ich nicht darüber nach, wie mein Äußeres wohl wirken würde.

Eigentlich dachte ich gar nicht mehr nach, als ich die breiten Schultern und engen Anzüge der Brüder bemerkte, die vor dem Goldberg-Gemälde standen und darüber diskutierten.

Wie vor einigen Wochen, als Landon das erste Mal hier gewesen war.

Meine Schritte auf der Treppe ließen sie herumfahren und in ihre Gesichter trat dieselbe Bewunderung, die ich für sie empfand.

Was es natürlich schwer für mich machte, sie zu unterscheiden. Allerdings hatten sie mir den Gefallen getan, ihre Tattoos jeweils um ein für sie typisches zu erweitern.

An Calebs Hals war der geschwungene Ausläufer einer plastischen Rose zu sehen, selbst wenn er einen Anzug trug. Landons Tattoo war versteckter. Ein Tiger, dessen Augen grün wie Jade funkelten, prangte auf seinem Schulterblatt.

Ich trug ein Zwillingszeichen oberhalb des Steißbeins. Auch wenn sie mich nicht gerade dazu überredet hatten, mir ein Symbol, das mich an sie erinnerte, tätowieren zu lassen. Aber ich hatte darauf bestanden. Ich wusste, dass sie glaubten, ich hätte irgendwann genug von ihnen und würde sie verlassen. Oder dass sie sich im Geheimen fragten, ob ich für immer Lust hätte, mich unter ihnen beiden aufzuteilen. Dabei verstanden sie einfach nicht, dass *ich* mich nicht aufteilen musste und mein Leben lang dafür kämpfen würde, mit ihnen beiden zusammen sein zu können.

Selbst wenn es irgendwann nicht mehr so frisch und neu war.

Gerade dann würde ich niemals aufgeben.

»Was starrt ihr Michael Goldberg so an?«, fragte ich zynisch. »Diese Ansammlung von Punkten kann man nicht ernst nehmen.«

»Reiner Zeitvertreib«, sagte Landon schmunzelnd und trat mir entgegen. Er streckte die Hand aus, ich legte meine hinein und er hauchte mir einen Kuss auf die Haut. »Wir haben gewettet, welche Bilder du in deiner Galerie ausstellen wirst und welche nicht.«

»Ihr habt beide keine Ahnung von Kunst«, neckte ich sie.

Caleb trat an die Seite seines Bruders, die Hände in den Taschen seines Anzugs. »Unterschätze uns nicht«, sagte er dunkel, griff an meinen Hals und gab mir einen Kuss auf die Wange. »Zumindest haben wir einen besonderen Geschmack für Schönheit.«

»Das Kleid gefällt dir, oder?«, fragte Landon seinen Bruder und ließ seinen Blick ungeniert über meinen tiefen Ausschnitt und die Taille wandern. »Es zeigt mir fast etwas zu viel.«

»Niemand will in einem Kloster mit dir leben«, gab sein Bruder zurück und streichelte ausgehend von meinem Hals über meine Rundungen. Als er über meine Brüste strich, stellten sich meine Nippel auf. »Sie hat uns lange genug mit Abstinenz gequält.«

»Meine Meinung«, sagte Landon und blickte mir offen ins Gesicht. »Bereit für den vorerst letzten Abend in New York?«

»Ziemlich«, erwiderte ich.

»Er sprach mit mir«, sagte Caleb grinsend und bot mir seinen Arm an. Ich hakte mich bei den Brüdern ein und ließ mich von ihnen in die Küche führen, wo meine Mutter und Silva Baresi auf uns warteten.

Der Vater der Zwillinge lächelte. Sie hatten das Lächeln, das sich um seine grünen Augen in Fältchen verwandelte, eindeutig von ihm. »Ich habe etwas für euch, kommt nach nebenan.«

»Du nicht, Jade«, bat Susan. »Ich hätte gerne ein paar Minuten mit dir allein.«

Seufzend löste ich mich von den Brüdern und sah ihnen und ihrem Vater hinterher, als sie die Küche verließen.

Auch wenn ich anfangs, als sich die gesamte Familiengeschichte offenbart hatte, meine Mutter hatte verstehen können, war unser Verhältnis nicht unbedingt besser geworden. Was einerseits damit zusammenhing, dass sie nicht meine Mutter war, sondern die der Zwillinge, aber auch damit, dass ich sie zwar verstehen und ihr auch verzeihen konnte, jetzt aber immer noch das Problem hatte, niemals von ihr geliebt worden zu sein.

Was für jedes Kind einfach scheiße ist.

»Es tut mir so leid, was deiner Mutter zugestoßen ist«, sagte sie mit belegter Stimme.

»Mom, ich meine ...« Ach, Fuck.

Susan weitete die Augen, weil auch sie verstand, wie schwierig es für mich war, sie nun anders zu nennen. Aber dass sie plötzlich einen Schritt nach vorne machen und mir um den Hals fallen würde, damit hatte ich nicht gerechnet.

Sie schluchzte laut auf und presste mich an sich. »Meine wunderschöne Tochter«, sagte sie mit belegter Stimme. »Es tut mir so leid, was ich dir angetan habe.«

»Schon gut. Bin ja froh, dass ich die Zwillinge davon abhalten konnte, euch umzubringen.«

Sie lachte erstickt und nahm wieder Abstand. »Du hast sie mir zurückgebracht. Ohne dich wäre ich jetzt – vermutlich zu Recht – tot und ...«

»Mom, wirklich. Ich bin kein Typ für diesen Gefühlsaustausch. Ich freue mich für dich, dass Silva offenbar endlich die Eier in der Hose hat, um zu dir zu stehen, und dass du deine Söhne kennenlernen konntest.«

Sie lachte und wischte sich die Tränen weg. »Du wirst immer meine Tochter bleiben, Jade. Vielleicht kann ich die zweite Hälfte deines Lebens die Mutter für dich sein, die du verdient hättest.«

Ich verzog das Gesicht. »Eben darüber wollte ich mit dir sprechen ... Könnten wir das bitte lassen? Also könnten wir dieses ganze Adoptivding und Geburtentauschdrama rückgängig machen? Ich würde gerne zu der Tochter von Ana Lin werden, ganz offiziell.«

Susan zögerte.

»Ich weiß, was ihr vorhabt. Du und Silva. Da könnt ihr doch auch einfach vorher mal eben zugeben, mich illegal ›adoptiert‹ und als leibliches Kind ausgegeben zu haben. Ich kann unmöglich, wirklich unmöglich die Schwester der Brüder sein, die ich liebe.«

Sie lächelte fragend. »Ich verstehe nicht ganz.«

»Du bist nicht meine Mutter und wirst es nie werden. Aber wir können gerne als Schwiegermutter und Schwiegertochter einen Neuanfang wagen.«

»Ihr wollt heiraten?«, fragte Susan perplex.

»Würdest du meine Geburtsurkunde bitte dementsprechend ändern lassen?«

»Das ist ein langwieriger Prozess, Jade ...«

»Ich denke, ihr bekommt das schneller hin«, sagte ich zuversichtlich.

Sie atmete tief ein. »Sicher. Nur damit verlierst du auch alle Vorteile, die es mit sich bringt, eine Carpenter zu sein, ist dir das bewusst?«

»Ich werde eh zu einer Baresi.«

Sie öffnete den Mund für eine Erwiderung und überlegte es sich dann doch anders. Vermutlich hatte sie einige Fragen zu unserer ›Beziehung‹ zu dritt, aber sie behielt sie nach wie vor für sich. »Ich habe etwas für dich.« Susan schob mir die aufwendig verzierte Box über die Kochinsel zu, von der ich dachte, es wäre ein Geschenk für meinen Großvater.

»Und was ist dadrin?«, fragte ich zögernd und hob den Deckel vorsichtig an. Susan gab mir keine Antwort und im nächsten Moment sah ich es selbst.

Erinnerungsstücke meiner leiblichen Mutter.

»Wir haben sie zusammentragen lassen«, erklärte Susan. »Von Freunden, Nachbarn, aus den alten Sachen aus ihrem Haus ...«

Fotoalben, Bilderrahmen, Kunstwerke, Briefe, Schmuck ... Bruchstücke eines ganzen Lebens breiteten sich vor mir aus. Ich griff nach dem ersten Fotoalbum und schlug es auf.

Ein gewaltiger Stich jagte durch meine Brust, als die jüngere Version von mir auf dem Schoß einer Asiatin saß. »Saphira?«, fragte ich überrascht. »Aber ich dachte ...«

»Sie wuchs bei Ana auf.«

»Sie hat mir etwas anderes erzählt.«

»Dann muss sie gelogen haben. Ana hat sich nach eurer Geburt auf den Weg an die Westküste begeben, aber sie konnte euch nicht beide mitnehmen. Also entschied sie sich für eine von euch.«

»Warum musste sie an die Westküste ziehen?«

»Wir vermuten, dass es damit zusammenhing, dass sie Ehebruch begangen hat. Euer Vater war ein weißer Amerikaner, ihr Ehemann ein Chinese. Sie lebten erst zwei Jahre hier und sie hatte vermutlich Angst, dass auffallen würde, dass ihr keine reinen asiatischen Gene habt. Vielleicht glaubte sie, man würde euch töten. Zwei Mädchen, keine ehelichen Kinder ...«

Ich schluckte bei dem Gedanken an die vielen Mädchen, die in China nicht nur aufgrund der Ein-Kind-Politik kurz nach der Geburt auf den Müll geworfen worden waren. »Das kann sein«, stimmte ich Susan tonlos zu. Auch wenn das hier Amerika war, wer wusste, wie meine chinesische Verwandtschaft darüber dachte.

»Ana baute sich ein Leben in Kalifornien auf und musste dafür viel und hart arbeiten. Wir wissen nicht viel über Saphiras Kindheit, nur dass sie schon in der Schule auffällig wurde.«

»Auffällig?« Ich blätterte weiter durch das Album, bis ich eine jugendliche Saphira entdeckte, die einen Bikini trug und mürrisch ins Bild blickte.

»Es muss in ihrer Umgebung einen Mann gegeben haben, der ihr etwas angetan hat. Ihre Krankenakten sind voll davon, immer wieder hat sie von ihm erzählt. Ana Lin war natürlich hilflos und organisierte wohl viel zu spät eine Therapie für sie. Da hatte Saphira schon längst angefangen, Jungen in ihrem Alter zu misshandeln. Sie wurde in eine geschlossene Anstalt aufgenommen.«

»Sie muss hochintelligent gewesen sein, wenn sie entkommen ist und all diese Dinge tun konnte ...« Wie uns zu stalken und mich perfekt zu imitieren.

»Das war sie.«

Wesentlich intelligenter als ich, wie es scheint. Ich schlug das Album wieder zu. »Möge sie in Frieden ruhen.« Saphira hatte beim Erscheinen des FBIs die Brancos austricksen wollen und war dabei in einen Schusswechsel geraten – und noch vor Ort gestorben. »Warum hat meine Mom ihr nicht helfen können? Nur weil sie so viel gearbeitet hat?«

»Ihr seid beide keine rein asiatischen Mädchen. So schwierig, wie es für mich war, dafür zu kämpfen, dass man dich als uneheliche, halbasiatische Tochter hier in der Upper East Side akzeptiert ...«

»So schwer könnte es für Ana Lin gewesen sein.«

»Leider sind Eltern auch nur Menschen.«

»Bittere Erkenntnis.«

Sie lachte.

»Und was habt ihr die letzten drei Wochen noch so ... geplant?«, bohrte ich. »Ich weiß, dass Landon nicht nur zum Spaß ins Büro gegangen ist.«

Susan zwinkerte. »Ich darf nicht zu viel verraten, aber es hat etwas mit euren Pässen zu tun. Damit ihr wieder fliegen könnt. Ich glaube, er hat die Flüge sogar schon gebucht ...?«

»Was?«, rief ich. »Was denkt er sich? Ich will gefälligst mitentscheiden können, wo es hingeht!«

»Baby«, sagte Landon, der wieder hereingekommen war. »Vertrau mir einfach, ja?«

»Wie könnte ich?«

Er zog mich an sich. »Weißt du, was wir jetzt sind?«

»Vollkommen blöd geworden?«, fragte ich mich sträubend.

»Wir sind jetzt Baresis. Und damit endlich verwandt. Das habe ich mir so gewünscht«, sagte er grinsend und kitzelte mich am Hals.

»Du bist irre!«, fluchte ich und wand mich in seinem Arm. »Warum ist das lustig?«

»Ich habe die Vaterschaft anerkannt.« Silva tauchte in der Küche auf. »Nur für die Unterlagen, falls es euch einmal in den Sinn kommt, das Erbe der Baresis anzutreten.«

»Prima«, keuchte ich und wehrte mich noch immer gegen Landons peinliche Kitzelattacken. »Ich würde mich auch um ein Erbe basierend auf zahlreichen illegalen Geschäften reißen ...«

»Ja, ich weiß, dass du das würdest!«, sagte er lachend.

Caleb rettete mich, indem er zwischen uns trat und den Arm seines Bruders umschloss. »Vielleicht gibt es heute Abend keinen weiteren Champagner für dich, Bruder.«

Landon lehnte sich überschwänglich an die Kochinsel. »Nein? Aber wir lernen unseren Großvater kennen. Das ist ein gewaltiger Grund zum Feiern.«

»Du kennst den Gouverneur doch schon«, zischte ich.

»Aber nicht so. Ich habe ihm noch nie die Hand geschüttelt in dem Wissen, dass er mein Vorfahre ist.«

Caleb verdrehte die Augen. »Können wir?«

»Sie wird wirklich mit ihm gehen«, flüsterte ich den Brüdern zu, die neben mir am Eingang des runden Saales standen, in dem mein Großvater ein Abendessen für uns organisiert hatte. Noch hielten wir Abstand, um Susan die Gelegenheit zu lassen, Silva ihrem Vater vorzustellen. »Sie werden ihren Tod vortäuschen und nach Indien gehen. Ausgerechnet meine Mutter. Ich fasse es noch immer nicht ganz.«

»Ob der Gouverneur begeistert davon sein wird, dass seine Tochter mit einem abgehalfterten Waffenhändler durchbrennt?«, fragte Landon nachdenklich.

»Dessen Geschäfte offiziell schlecht laufen«, ergänzte Caleb.

»Ich hoffe ja noch irgendwie, dass den Gouverneur das Ganze so sehr schockt, dass er ...«

»Ja?«, fragten die Brüder mich.

»Schaut euch mal seine Freundin an.« Mein Noch-Großvater hatte sich eine zwanzig Jahre jüngere Kanadierin geangelt, die geduldig an seiner Seite stand und darauf wartete, dass der Gouverneur sie heiratete. Noch hatte er es nicht gewagt, ihr diesen Wunsch zu erfüllen. Er ahnte vielleicht, dass sie ihn verlassen würde, wenn er erst einmal dazu gezwungen war, ihr Unterhalt zu zahlen, also blieb er ein unverheirateter Witwer. »Sie wartet nur darauf, dass er ihr einen Ring ansteckt, um an das Familienvermögen zu gelangen.«

»Vielleicht liebt sie ihn ja wirklich«, murmelte Caleb an meinem Ohr.

»Versuchst du, witzig zu sein?«, fragte ich ihn lachend.

Seine Mundwinkel zuckten verräterisch.

Susan winkte uns zu sich und wir gingen auf sie zu.

»Darf ich dir Silvas Söhne vorstellen, Vater?«

Der Gouverneur nahm es meiner Mutter und Baresi ab, dass die Zwillinge ausschließlich Silvas Söhne waren. Die Wahrheit hätte er auch gar nicht glauben wollen.

Während sich die Männer die Hände reichten und Small Talk hielten, begrüßte ich die Kanadierin. Sie war wirklich hübsch, ähnlich gebaut wie meine Mutter und auch fast so jung geblieben. Nur das Botox in ihrer Stirn irritierte.

»Ich bin Jade.«

»Ruth«, sagte sie freundlich und schüttelte meine Hand.

Dabei erfühlte ich schockiert einen Ring an ihrem Finger. Einen ziemlichen Klunker. »Nein!« Ich drehte ihre Hand herum. »Werdet ihr heiraten?«

Der Gouverneur grummelte etwas. »Deswegen habe ich euch eingeladen, Jade«, sagte er streng. »Wir wollten es euch heute sagen.«

»Und wann?«, fragte ich fassungslos.

»Nächste Woche«, erklärte Ruth strahlend. Würde ich an ihrer Stelle auch, sie hatte einen Jackpot geknackt. Der Großvater der Zwillinge war stinkreich und brauchte nur einen Schlaganfall mehr und er fiele tot um. »Nur zu zweit, wir fliegen in die Karibik.«

»Oh, wie mich das für euch freut«, sagte Susan aufgesetzt, die vermutlich ähnlich dachte wie ich.

Na, wunderbar.

In vorgetäuschter Freude setzten wir uns alle gemeinsam an den Tisch. Mein erster Gedanke war, so weit wie möglich vom Gouverneur entfernt zu sitzen, weshalb ich den Platz am Kopfende ihm gegenüber einnahm. Als die Brüder sich aber links und rechts von mir platzierten, daneben Susan und Silva und Ruth auf der anderen Seite ihnen gegenüber, kam mir ein wahnwitziger Plan.

Warum sollte ich dieser Ruth erlauben, einen beachtlichen Teil des Familienvermögens für sich zu beanspruchen? Und wenn Susan und Silva durchzogen, was sie seit der Gefangennahme der Brancos planten, dann wären die Brüder mit einem Mal steinreich, sollte ...

»Großvater«, begann ich mit einem charmanten Lächeln, als uns ein Kellner die Gläser füllte. »Ist eure Verlobung schon offiziell?«

»Offiziell?«, fragte Clint Carpenter tonlos. Er mochte es nicht besonders, wenn ich sprach.

»Habt ihr das Standesamt informiert und eure Freunde?«

»Nein, ihr solltet es als Erste erfahren.« Fast schien es, als empfände er Glück.

»Du auch nicht, Ruth?«, fragte ich erstaunt.

»Ich hatte noch keine Gelegenheit, mit meiner Familie zu sprechen«, erklärte sie sanft.

»Oh. Dann. Wird es für dich sicherlich auch keine Ansprüche geben.«

»Ansprüche?«

»Wenn man sich offiziell verlobt, kann man Ansprüche geltend machen, sollte die Heirat nicht stattfinden.«

»Wovon redest du, Mädchen?«, fragte Clint drohend.

»Silva Baresi ist übrigens ein Sohn der Baresi-Familie. Italiener. Waffengeschäfte. Handel. Frauenhäuser.«

»Jade«, sagte Susan warnend. »Warum genießen wir nicht erst einmal das Essen und unterhalten uns später?«

»Sprich: Mafia, Großvater.«

Der Gouverneur setzte das Glas, mit dem er hatte anstoßen wollen, zurück.

»Mafia?«, fragte Ruth damenhaft kichernd. »So wie aus ›Der Pate‹?«

»Exakt genauso. Und seine Söhne sind nicht irgendwer ...«

»Jade!«, zischte Susan.

»Sondern deine Enkel, Großvater. Ich finde, das solltest du wissen.«

»Was wird hier gespielt?«, fragte er donnernd. »Hast du zu viel getrunken, Jade?«

»Sieh sie dir an!«, verlangte ich zuckersüß. »Sie sehen dir sogar ein kleines bisschen ähnlich, wenn man ganz genau hinsieht. Zumindest die Haarfarbe solltest du erkennen. Es ist eindeutig die von Großmutter. Oder ihre Gesichtsform, die hohe Stirn, ein wenig auch der Nasenrücken. Du musst doch deine Tochter und deine verstorbene Frau in ihnen erkennen.«

»Susan!«, rief der Gouverneur. »Sag deiner Tochter, sie soll sich benehmen!«

Die Brüder warfen mir einen Blick zu. Sie versuchten zu verstehen, was mein Plan war. Landon kam als Erster dahinter und verzog seine Mundwinkel zu einem heimlichen Lächeln.

»Ist das wahr, Susan?«, herrschte Clint.

»Bitte verleugne uns nicht«, sagte Landon flehend und setzte einen unwiderstehlichen Muttersöhnchen-Blick auf.

Sie seufzte. »Ja, es ist wahr. Landon und Caleb sind meine Söhne.«

Mein Noch-Großvater erstarrte.

»Und ich liebe sie«, erklärte ich fröhlich, setzte mich auf, legte eine Hand an Calebs Wange, zog sie zu mir heran und küsste ihn so unanständig, wie ich nur konnte. Und weil es Caleb war, wurde ich dabei feucht. Noch schlimmer, als ich ihn losließ und mich an Landon wandte, wurde ich richtig heiß. Er, der meinen Plan durchschaut hatte, küsste mich noch gieriger und plötzlich fragte ich mich, wieso ich mich überhaupt zu diesem Essen hatte überreden lassen können, denn ich wollte eindeutig nur noch eines.

Oder zwei.

Sie.

Als unser Kuss endete und ich atemlos und angeturnt auf meinen Platz zurücksank, schrie Ruth auf. Susan und Silva stießen ihre Stühle zurück und liefen auf den Gouverneur zu, aber es war bereits zu spät.

Er hatte einen Herzinfarkt gehabt.

Und sank tot auf seinem Stuhl zusammen.

»Du bist so ein verdammt gerissenes Biest«, sagte Landon wenig später, als die Sanitäter den Tod Clint Carpenters feststellten. »Du hast ihn umgebracht.«

»Er hat das ganz gut selbst geschafft. Sein Herz über all die Jahrzehnte ausgeschaltet. Sieh, was er mit Susan getan hat! Und dann mit mir! Außerdem, wer stirbt, weil seine Familie zusammenwächst und seine Enkelin seine Enkel küsst, der hat selbst Schuld. Man kann doch etwas mehr Offenheit in dieser Welt erwarten!«

»Du bist ein verdammt gerissenes Biest«, sagte nun auch Caleb, der eine Weile den besorgten Enkel gemimt hatte. »Und was war dein Plan dahinter? Zu verhindern, dass Ruth an das Familienerbe gelangt?«

»Und euch reich zu machen«, erklärte ich süffisant. »Sobald Susan und Silva ihren Tod vorgetäuscht haben, um der Mafia, der Baresi-Familie und allen möglichen Instanzen im FBI für immer zu entkommen, seid ihr die Erben des gesamten Carpenter-Vermögens.«

Die Zwillinge feixten. Vermutlich nicht wegen des Geldes, sondern meinetwegen.

Aber ich strahlte wegen der Millionen, die uns bald gehörten.

»Und dann ...«, flüsterte ich. »Kann ich endlich meine endlos vielen Wünsche einlösen.«

»Na ja, ob wir dir das durchgehen lassen können«, begann Landon skeptisch.

»Du hast sie dir ja mehr oder weniger ergaunert«, stellte Caleb fest.

»Vielleicht sollten wir dich erziehen und dir erst mal den Geldhahn zudrehen.«

»Ich bin sowieso eher der sparsame Typ, wie du weißt.«

Ich streichelte jeweils mit dem Zeigefinger über ihre Brust. »Wie ihr meint.« Meine Stimme war ein einziges erotisches Raunen. »Aber ihr solltet nicht vergessen, dass ich käuflich bin. Und mein Preis ...« Ich strich mit der Zunge über meine Unterlippe. »...ist hoch.«

CALEB

»Hast du das mit käuflich gemeint?«, fragte Landon, als uns die Stewardess die Tür zu unserem Sitzplatz öffnete.

Fuck, Moment.

»Bist du wahnsinnig?«, fuhr ich meinen Bruder an. »Wie viel kostet so ein Scheiß? 20.000 Dollar?«

»13.000«, sagte er zufrieden und stellte sein Handgepäck auf die dafür vorgesehene Ablage.

»Soll ich Sie auch zu Ihrem Platz begleiten, Sir?«, fragte mich die Stewardess.

Ungläubig stellte ich fest, dass mein eigener Sitzplatz ganz woanders lag.

»Das ist nicht dein Ernst«, knurrte ich meinen Bruder an.

Er grinste. »Doch.«

»Du kaufst euch eine Flugzeugsuite und mir gibst du einen Platz in der Holzklasse?«

»Sparmaßnahmen, Bruder.«

Ich gab ihm einen Schlag auf den Hinterkopf.

»Hey, hey«, sagte Jade und schlängelte sich an uns vorbei. »Lass ihn mir ganz, ja? Ihr könnt euch ja abwechseln.«

»Hier wechselt sich niemand ab«, knurrte ich.

»Es wird aber auffallen, wenn dein Platz leer bleibt«, sagte mein Bruder zwinkernd.

»Glaube ich nicht, die Maschine ist zu einem Drittel leer.«

»Ihr seid solche Kinder«, seufzte Jade und ließ sich auf das Bett fallen. Der Raum maß gute sechs Quadratmeter und bot alles, was man brauchte, um diesen Flug so angenehm wie möglich zu machen. Ohne zu zögern, streifte Jade ihr Stoffkleid ab, sodass Landon gezwungen war, schnell die Tür zu schließen.

»Ich werde jetzt anfangen, mich zu entspannen. Das solltet ihr auch tun.«

Ich drückte Landon mein Ticket in die Hand und legte mich zu Jade. Sollte er doch nach hinten durchgehen und sich in die Economy Class setzen.

»So kann man es aushalten«, stellte ich fest und glitt mit meinen Lippen über ihre Haut an Hals und Dekolleté.

»Finde ich auch«, seufzte sie und reckte sich mir entgegen.

»Aber das wird nicht zur gefickten Gewohnheit«, brummte ich, als ich mit meiner Zunge tiefer glitt.

»Finde ich auch«, sagte Landon. »Das nächste Mal fliegen wir mit einem Privatjet.«

Ich verdrehte die Augen und versank zwischen ihren Beinen. Sie stöhnte erstickt, als ich mit meiner Zunge in ihren Spalt eintauchte.

Landon widmete sich derweil ihrem Mund.

»Können wir jetzt überall hingehen?«, wollte Jade sich atemlos vergewissern und ich unterbrach für einen Moment mein Spiel. »Wir sind frei, oder?«

»Gefälschte Pässe, verstorbene Eltern, ein prall gefülltes Konto«, summierte Landon. »Ja, ich würde sagen, man kann kaum freier sein.«

»Wir sollten Susan und Silva irgendwann einmal in Indien besuchen.«

»Jaaa«, sagte Landon, »aber vielleicht erst, nachdem sie ihre Zweisamkeit so richtig ausgelebt haben. Plötzlich habe ich Eltern und plötzlich will ich mir nicht mehr vorstellen, was sie so ... gemeinsam tun.«

»Was man alles in drei Wochen so organisieren kann ...«, seufzte Jade gedankenverloren und streichelte über Landons Wange. »Wir hätten uns nur häufiger ein Hotelzimmer nehmen müssen. Es hat mich verrückt gemacht, dass ihr mich nicht vögeln wolltet.«

»Vor unserer Mutter?«, fragte Landon.

»Und unserem Vater?«, erinnerte ich die beiden.

»Ja, ja«, sagte Jade. »Aber ihr habt ja offenbar vorgesorgt. Jetzt gehört ihr acht Stunden nur mir.«

»Die Betten sind eigentlich zum Schlafen da, Jade«, neckte Landon sie und gab ihr einen kurzen Kuss.

»Mhm«, seufzte sie, »vielleicht für gewöhnliche Leute. Aber ich bin immer noch Jade Carpenter.«

Wir lachten und widmeten uns wieder den Vorzügen ihres Körpers. Es würde ein Kampf werden, ihr zu beweisen, dass sie menschlich war und irgendwann Schlaf brauchte. Allerdings ... wenn wir uns wirklich abwechseln mussten, weil die Flugzeug-Crew darauf bestand, dass wir den Economy-Platz nutzten, könnte es für sie schwierig werden.

»Wo fliegen wir überhaupt noch mal hin?«, fragte Jade, längst in ihre Lust abgedriftet.

»Wohin du willst«, sagten wir gleichzeitig.

»Nein, ernsthaft! Peking ist doch nur eine Zwischenlandung, oder?«

»Wieso? Willst du nicht mehr über deine Vorfahren herausfinden?«, fragte ich grinsend.

»Ihr wollt in *China* nach meinen Vorfahren suchen?«, fragte sie fassungslos. »Unter einer Milliarde Menschen?«

»Nein«, schaltete sich Landon ein, »aber du kannst *China* im Gesamten als eine Art ... Herkunftsland betrachten.«

»Super«, sagte sie ironisch. »Mit Stäbchen essen war noch nie mein Ding.«

»Du wirst es lernen«, sagte ich.

»Außerdem gäbe es in Asien noch so ein dröges Land im Himalaya ...«, begann Landon. »In dem es gang und gäbe ist, dass sich Brüder eine Frau teilen ...«

»Ihr wollt mich wirklich heiraten.«

Wir grinsten. »Das wirst du dann sehen.«

»Wir fragen dich eh kein zweites Mal.«

»Du könntest ›Nein‹ sagen.«

»Und selbst das wäre uns egal.«

»Ihr seid Monster!«, stöhnte sie.

Ich sank mit meiner Zunge tiefer. »Das sehen wir als Kompliment.«

Ende

ICH, 10:18

Jetzt sind wir also wieder Waisen.

CALEB, 10:18

Sind wir nicht. 🙄

ICH, 10:18

Ja, aber auf dem Papier, du Depp.

CALEB, 10:19

Auf dem ›Papier‹ sind wir sowieso schon immer etwas anderes gewesen.

ICH, 10:19

Jaja. 😏

Aus dem Plan, zurück nach New York zu gehen und weiter Polizei und Rächer zu spielen, wird wohl nichts, oder?

CALEB, 10:20

Spricht etwas dagegen, das immer noch zu tun?

ICH, 10:20

Ja?! Dass wir das Geld nicht brauchen?

CALEB, 10:20

😄🤣 Scheiße, Lan. Hast du es nur wegen des Geldes getan?

ICH, 10:20

Geld verändert Menschen, Cal. Ich werde jetzt zum Snob.

CALEB, 10:20

Weil du vorher natürlich so ein bescheidener, großzügiger Gönner warst.

ICH, 10:21

Eben. 😎

Weißt du, was ich getan habe?

CALEB, 10:21

Nope. Und ich will es wirklich nicht wissen.

ICH, 10:21

Ich habe dich umbenannt. Du heißt jetzt nicht mehr Gil-Boy. Sondern Caleb.

CALEB, 10:21

WAAAHNSINN. Diese Ehre berührt mich unendlich.

ICH, 10:21

Ich weiß. 😇

Wie lange wolltest du eigentlich noch da unten im Stau stehen?

CALEB, 10:21

Keine Ahnung. Hier bewegt sich einfach nichts.

ICH, 10:21

Das sind Chinesen, Cal. Die fahren immer nur vorwärts, außer sie müssen einparken. Selbst wenn das bedeutet, dass sie sich ewig in einem Stau blockieren. Die weichen nicht zurück.

CALEB, 10:22

I know.

Wir hätten uns nie einen Mietwagen nehmen sollen.

ICH, 10:22

Und du hättest damit schon gar nicht alleine rumfahren sollen. Du bist einfach noch nicht groß genug für solche Abenteuer.

CALEB, 10:22

Ich habe ESSEN geholt. Wenn du zu faul bist, aufzustehen, wer soll es dann tun?

ICH, 10:22

Ich bin jetzt ja wach.

Außerdem gibt es doch den heiligen Zimmerservice.

CALEB, 10:22

Den hab ich satt.

Duscht Jade?

ICH, 10:22

Erraten. 🤗

CALEB, 10:23

Und was hast du getan, dass du nicht mit ihr mitduschen darfst? ;-)

ICH, 10:23

Sie hat es sich gewünscht.

Gemeine Ziege. 😩

CALEB, 10:24

Ich trauere mit dir.

ICH, 10:24

Warte, sie kommt zurück.

ICH, 10:25

Alter, Bro, wie lange brauchst du noch?

ICH, 10:26

Sie fragt.

ICH, 10:26

Bro?

ICH, 10:28

Caleb?

ICH, 10:29

Sternchen?

CALEB, 10:30

Bin gleich da. Die Polizei hat es tatsächlich geschafft, den Stau aufzulösen, aber ich weiß nicht, wie viele Chinesen dafür ihr Leben lassen mussten.

CALEB, 10:32

Fällt vermutlich nicht so auf.

ICH, 10:33

Caleb ....?

CALEB, 10:34

Gleich nicht mehr.

ICH, 10:34

Sie hat mir gerade etwas gezeigt.

CALEB, 10:36

Endlich erfährst du etwas Bildung, Jack-Boy.

ICH, 10:37

Fuck.

CALEB, 10:38

Ich bin ja gleich da! Ist sie doch Saphira?!

ICH, 10:39

Alter, spinnst du? Mach keine so makaberen Witze, du weißt, ich muss schnell heulen.

CALEB, 10:39

Was ist es dann?!

ICH, 10:39

Anhang öffnen.

CALEB, 10:40

Zwei Striche … bedeuten …?

ICH, 10:40

Dass du Vater wirst, Gil-Boy!

Und ich auch. xD 😇

CALEB, 10:41

Jetzt können wir uns sicher sein, die richtige Jade zu haben. ;-)

ICH, 10:41

Sag bloß, du hast gezweifelt!

CALEB, 10:41

Nie. ;-) In drei Minuten bin ich bei euch im Zimmer.

ICH, 10:41

In der Suite bitte, ja.

CALEB, 10:42

In der Suite … natürlich.

ICH, 10:42

Und warum bist du jetzt so verdammt zurückhaltend mit deiner überschäumenden Freude, die ich eigentlich erwartet hätte?

CALEB, 10:42

Weil ich keine Ahnung habe, ob das mühsam erbeutete Essen nicht erstens bereits kalt ist und zweitens für Schwangere überhaupt geeignet.

ICH, 10:43

Scheiße, bist du süß.

CALEB, 10:43

Fick dich.

ICH, 10:43

Apropos Ficken. Darum mache ich mir viel eher Sorgen, jetzt wo sie …

CALEB, 10:43

Was bist du nur für ein Heini? Hast du nie an die Konsequenzen gedacht?

ICH, 10:43

Nö, mein Hirn war eigentlich immer auf Durchzug, wenn mein Schwanz iduna ihr wattige i

CALEB, 10:44

okay?

ICH, 10:44

Caleb. Hier ist eure Zukünftige. Schwing jetzt deinen Arsch vom Aufzug ins Zimmer und hört auf, über Sex zu reden, sonst wird euer Baby leiden. Ich habe einen BÄRENHUNGER.

CALEB, 10:45

Hörst du das Klopfen, Prinzessin?

Bin schon da. ;-)

DELETED SCENE

Was wäre gewesen, wenn Jade sich in der ersten Nacht im Motel nicht hätte vom Knebel befreien können ...? ;-)

»Caleb«, sagte Landon und nickte seinem Bruder zu.

Ich wusste, dass sie sich über Blicke abgesprochen hatten, und erschrak dennoch, als Caleb von hinten ein Stück Stoff um mich schlang und ihn fest über meinen Mund legte. Einen Pullover? Ich stöhnte, doch meine Lippen blieben versiegelt, und Caleb zurrte das Stück Stoff fest. Widerspenstig versuchte ich, mich zu befreien – wollten sie nun, dass ich ihnen die Wahrheit sagte oder nicht?

Offenbar nicht, denn im nächsten Moment standen beide vor mir und bugsierten mich aufs Bett. Sie drückten mich mit dem Bauch nach unten und zogen mich mit sanften, aber bestimmten Bewegungen aus. Caleb behielt meine Handgelenke im Griff und setzte sich neben mich aufs Bett, während Landon hinter mir stehen blieb.

»Sie fragt sich wahrscheinlich, warum ich sie erst dazu auffordere, die Wahrheit zu sagen, und dann von dir knebeln lasse«, murmelte Landon gedankenverloren und streichelte über meinen Hintern.

»Ich schätze, du willst die Wahrheit aus ihr herausvögeln?«, fragte Caleb grinsend.

Ich warf ihm einen wütenden Blick zu. Sie sollten mich jetzt gefälligst alles erklären lassen!

»Was?«, hörte ich Landon hinter mir. Ich hörte das Reißen einer Kondompackung. »Wie kommst du denn darauf? Nein, ich will sie vögeln, bevor ich erfahre, dass mir die Wahrheit nicht gefällt.«

Ich versuchte mich herumzudrehen, aber beide Männer vereitelten den Versuch, indem sie mich festhielten. Die Betonung liegt auf *fest*.

»Was würde das ändern?«, fragte Caleb.

»Keine Ahnung. Das ist ja das Problem.« Landons Hände streichelten über meinen Po und waren dabei untypisch zärtlich. Ob er mich wirklich durchschaut hatte? Vielleicht hatte ich unterschätzt, wie viel besser er mich kennenlernte, seitdem wir offen und ehrlich zueinander waren – na ja, jedenfalls meistens. »Aber gerade will ich sie einfach nur wieder spüren und ihr Stöhnen genießen, wenn sie kommt. Sie zwei Stunden alleine zu lassen, war schon mehr Strafe für mich als für sie.«

»Wie niedlich du bist, Bruder.«

»Und verliebt«, hörte ich Landon leise antworten und spürte seine Hand, wie sie mich zu streicheln begann. Die Gefühle in meinem Körper überschlugen sich. Da war das Bedürfnis, mit ihnen zu sprechen, um sie nicht weiter in dem Glauben zu lassen, es wäre nichts passiert und niemand würde uns beobachten, und das starke Ziehen in meinem Magen, weil Landon so sanft geworden war, und die Lust in meinem Schritt, die er herausforderte. Ich wimmerte und schloss die Augen, um mich auf eines dieser Gefühle konzentrieren zu können – als er allerdings im nächsten Moment in mich eintauchte, explodierten die Empfindungen in mir dennoch.

Es war immer wieder der pure Wahnsinn, von dem

einen Bruder festgehalten und vom anderen genommen zu werden. Dieses Wissen, mich zwischen ihnen zu befinden, spaltete mich, als würde ich mich selbst verdoppeln, und steigerte meine Lust ins Unermessliche.

Mir war egal, *was* sie mit mir taten, denn alles war zehnmal mehr erotisch als all der Sex in meinem Leben zuvor. Während Landon immer tiefer in mich glitt, auf weiteres Vorspiel verzichtete, weil meine Nässe allein bei dem Gedanken an sie zwischen meinen Beinen entstand, entflammten meine Handgelenke, weil Caleb sie festhielt.

Er *berührte* mich nur und dennoch war diese Berührung unglaublich heiß. *Sie* waren es.

»Gott, der Blowjob eben muss sie schon verdammt nass gemacht haben«, stöhnte Landon und fickte mich mit kleinen Stößen, ohne allzu tief in mich einzudringen.

Caleb antwortete nicht, was mich zu ihm aufsehen ließ. In seinem Blick glaubte ich dieselben Gefühle zu erkennen, die ich empfand. Er genoss es ebenfalls, was wir taten, aber so wie mir fiel es ihm schwer, darüber zu sprechen. Es *auszusprechen*, wie viel es ihm bedeutete.

Irgendwann ließ mich Caleb los und stand wieder auf. Längst hatte Landon mich geweitet und bis zum Anschlag genommen. Ich drohte innerlich vor Lust zu zerrinnen, als sie plötzlich tauschten. Landon ließ mich gehen, Caleb tauchte in mich ein. Sein harter Schwanz glitt tief in mich hinein und fickte mich so lange, bis ich stöhnend den Verstand verlor. Der Orkan, der mich ergriff, endete nicht mit seinem Orgasmus, denn keine zwei Sekunden später war wieder Landon in mir.

Gott, auf diese Tour würden sie ewig durchhalten.

Viel härter und schneller als zuvor rammte er sich in mich und trieb meinen Höhenflug auf die Spitze. Als ich spürte, wie er kam, glaubte ich für einen Moment, meinen

Körper zu verlieren, weil ich all die Empfindungen nicht mehr fassen konnte.

Ich fürchtete, sie würden einfach weitermachen, aber Landon gönnte mir eine Pause und ich konnte wieder zu Atem kommen. Erst dann fiel mir auf, wie stark die Männer atmeten und dass sie sich verausgabt hatten – so sehr war ich in meiner Lust gefangen gewesen.

Sie sanken neben mich, ihre Arme und Hälse von Schweiß überzogen. Für diesen Quickie hatten sie sich nicht einmal ausgezogen.

Einer von ihnen löste das Sweatshirt um meinen Mund, der andere griff nach meinem Hals und zog mich an sich. Sehnsüchtig ließ ich mich von Landons Lippen verschlingen, ließ seine Zunge tief in mich eintauchen. Sein Kuss war mindestens so ausgehungert wie Calebs vorhin. Mir kam es so vor, als würde er mich so lange küssen, wie der Sex gedauert hatte, erst dann reichte er mich an Caleb weiter, der mit meinen Lippen spielte, sie sanft und immer wieder küsste und dabei lächelte.

»Ging dir das auch ein bisschen zu schnell?«, fragte er.

Ich schüttelte entspannt den Kopf. Mein Schritt pochte noch immer von der Intensität ihrer Schwänze und ich genoss die streichelnden Berührungen ihrer Hände auf meiner glühenden Haut. »Es war wunderbar.«

»Gut«, sagte er und küsste mich noch einmal. »Außerdem haben wir noch die ganze Nacht und gleich *zwei* Betten.«

Ich öffnete den Mund für eine Erwiderung.

»Mann, Bro, so kitschig kenne ich dich gar nicht«, sagte Landon lachend. »Außerdem wolltest du dich doch erholen, oder?«

Caleb streichelte durch mein Haar. Sein Blick war so unendlich warm und wanderte so unendlich tief unter meine Haut, dass erneut ein Kribbeln durch meinen Körper fegte. »Mag sein. Aber solange ich nicht tot umfalle ...« Er glitt mit seiner Hand über meine nackten Brüste in Richtung meiner Schenkel.

»Warte«, flüsterte ich und hielt seine Hand zurück ...

Reich, privilegiert, gutaussehend und gelangweilt.
Der britische Prinz Chester vertreibt sich seine freie Zeit mit ausschweifenden Partys, illegalen Autorennen und wechselt die berühmten Schönheiten an seiner Seite wie Maßanzüge. Er und Prinzessin Rosaline wissen, wie sie sich abseits der royalen Etikette und der Adleraugen der Queen amüsieren können. Doch dann verändert ein schicksalhaftes Ereignis alles und die Royals sind gezwungen, ihr ruchloses Leben aufzugeben – bis ihre adelige Cousine Violet in ihr Leben platzt und dieses auf den Kopf stellt.

Wer ist sie wirklich?
Sind ihre Geheimnisse gefährlicher, als es den Anschein erweckt?
Oder ist alles nur ein Spiel?

MEHR BÜCHER VON J. S. WONDA:

VERY BAD KINGS
Erstes Semester

- o Wunschliste
- o Schon im Regal

VERY BAD ELITE
Zweites Semester

- o Wunschliste
- o Schon im Regal

VERY BAD LIARS
Sprnig Break

- o Wunschliste
- o Schon im Regal

VERY BAD CHOICE
Die Entscheidung

- o Wunschliste
- o Schon im Regal

VERY BAD TRUTH
Graduation Gala

- o Wunschliste
- o Schon im Regal

VERY BAD BASTARDS
Drittes Semester

- o Wunschliste
- o Schon im Regal

VERY BAD DEVILS
Der Widerstand

- o Wunschliste
- o Schon im Regal

VERY BAD SINNERS
Winter Break

- o Wunschliste
- o Schon im Regal

VERY BAD REVENGE
Viertes Semester

- o Wunschliste
- o Schon im Regal

CATCHING BEAUTY
du gehörst mir

- o Wunschliste
- o Schon im Regal

CATCHING BEAUTY
du entkommst mir nicht

- o Wunschliste
- o Schon im Regal

CATCHING BEAUTY
du bedeutest meinen Tod

- o Wunschliste
- o Schon im Regal

HUNTING ANGEL
ich werde dich jagen

- o Wunschliste
- o Schon im Regal

HUNTING ANGEL
du wirst mir verfallen

- o Wunschliste
- o Schon im Regal

HUNTING ANGEL
fürchte dich vor mir

- o Wunschliste
- o Schon im Regal

TAKEN PRINCESS
du bist mein

- o Wunschliste
- o Schon im Regal

TAKEN PRINCESS
mein Herz ist dein

- o Wunschliste
- o Schon im Regal

TAKEN PRINCESS
das Ende ist unser

- o Wunschliste
- o Schon im Regal

BASTARDS

- o Wunschliste
- o Schon im Regal

SISTERS
Fortsetzung

- o Wunschliste
- o Schon im Regal

CATCH THE BILLIONS, BABY!

- o Wunschliste
- o Schon im Regal

FALLEN
Band 1

- o Wunschliste
- o Schon im Regal

FALLEN DEEPER
Band 2

- o Wunschliste
- o Schon im Regal

FALLEN HEART
Band 3

- o Wunschliste
- o Schon im Regal

LIAM HARSEN
be my fire

- o Wunschliste
- o Schon im Regal

LIAM HARSEN
feel my love

- o Wunschliste
- o Schon im Regal

LIAM HARSEN
only you

- o Wunschliste
- o Schon im Regal

SMMOKE
Du bist sein Besitz

- o Wunschliste
- o Schon im Regal

BLAZE
Er ist dein Feuer

- o Wunschliste
- o Schon im Regal

CINDER
Sie ist dein Tod

- o Wunschliste
- o Schon im Regal

WINTER
Sie bringen dein Ende

- o Wunschliste
- o Schon im Regal

UND TÄGLICH
ohne dich

- o Wunschliste
- o Schon im Regal

UND TÄGLICH
mit dir

- o Wunschliste
- o Schon im Regal

MIT DIR UND
doch ohne dich

- o Wunschliste
- o Schon im Regal

NIEMAL WIEDER
ohne dich

- o Wunschliste
- o Schon im Regal

TIMELESS
Liebe gegen die Zeit

- o Wunschliste
- o Schon im Regal

DARK PRINCE
Gefährliches Spiel

- o Wunschliste
- o Schon im Regal

DARK DESIRE
Vebotenes Verlangen

- o Wunschliste
- o Schon im Regal

DARK ROYALTY
Königliches Begehren

- o Wunschliste
- o Schon im Regal

DARK DUTY
Dunkle Pflicht

- o Wunschliste
- o Schon im Regal

DARK PRINCESS
Dunkles Geheimnis

- o Wunschliste
- o Schon im Regal

DARK KING
Königliche Liebe

- o Wunschliste
- o Schon im Regal

BAD PRINCE
Royales Spiel

- o Wunschliste
- o Schon im Regal

BAD PRINCE
Royale Flucht

- o Wunschliste
- o Schon im Regal